？？？

かつて人間により剣に降ろされた神霊。
山神に助けられ、エゾモモンガの形代となった。
名前はまだない。現在すくすく成長中。

甲羅にエゾモモンガが抱きついた。
半眼の霊亀はいやがることも驚くこともなく、
神霊を乗っけてのんびり小径を歩いていく。

「親子かな？」

霊亀

四瑞獣の一柱。
鷹揚とした性格。酒豪。

楠木湊
親戚から曰く付き物件の管理人を任される。
生まれつき「人ならざるモノ」が視え、
書いた文字には祓いの力が宿る体質。メモ魔。

山神
楠木邸の隣の山を御神体とする神。
なのだが、快適な楠木邸に入り浸り、
好物の和菓子に舌鼓を打つ
ちょっと残念な神様。

「ひさびさに己が足で歩くとダルいのぉ」

天狐

連日賑わいを見せる、方丈町の稲荷神社の祭神。山神さんとは犬猿（狼狐？）の仲。

神の庭付き楠木邸

えんじゅ
[illust] OX

7

もくじ

第1章　夏に涼をもたらす存在？

ゆうるりと夜が侵食していく楠木(くすのき)邸の塀沿いを、湊(みなと)は汗だくで歩いていた。

「あっつい……」

軍手を嵌(は)めたその両手がつかむのは、草が満杯に入ったゴミ袋である。草取りを終えたばかりであった。

敷地(しきち)内はいつでも気温と湿度が快適に保たれているため、そこを一歩でも出ようものなら夏の暑さがひどく堪(こた)えた。

「でもやっぱり夏は汗をかいたほうがいいだろうしね。——よっと」

ゴミ袋を表門の横に置く。塀沿いに隙間なく並ぶ袋の列は壮観である。

「夏もほんと雑草がよく伸びる……」

抜いても抜いても、また生えてくる。その生命力の強さは驚嘆に値するが、屈するわけにはいかない。そうでなければこの家屋が埋もれてしまう。

「あそこは幽霊屋敷(やしき)だ、なんて噂(うわさ)されたら困るしね」

苦笑いしながら軍手を外していると、ぬるい風に吹かれた木々がざわめく。表門に掲げた表札の文字も見えづらくなった。

「そろそろやめようかな」

家に戻るべく表門の格子戸に触れる。その手の上をゆらめく炎がかすめ、反射で後ずさった。

二つの青白い火の玉が、表門に沿うように交差を繰り返している。

はじめて見る奇っ怪な現象に、湊は警戒しつつも見入った。

「鬼火？　それとも狐火（きつねび）？」

記憶があいまいで、名称は定かではない。

いずれにせよ、人ならざるモノだが、こちらに危害を加えてくる様子はない。

じっと注視していると、背中に明瞭な気配を感じた。

風の中に交じる、やや粘着く気配には馴染（なじ）みがある。

――妖気だ。

ゆっくりかえりみて、湊は目を見開いた。

数歩先に佇（たたず）んでいたのは、己とそっくりの男であった。

細身の体格、目線の高さもまったく同じで、服装まで似通っている。

己の分身だとか生霊だとか言われている、あの存在なのだろうか。

「――ドッペルゲンガー？」

ぽろりとその言葉が出るや、同じ顔の唇が片方だけ吊（つ）り上（あ）がった。

凶悪なご面相である。それを真正面から見た湊は目を眇（すが）めた。

「なんてね、古狸(こり)さんだろ。気配に覚えがあるからすぐわかったよ。人にまで化けられるのは驚きだけど、俺そういう表情はしないと思う」

お隣の方丈山(ほうじょうさん)を根城とする妖怪――古狸に違いない。

かずら橋の修繕の際、職人たちの仕事の邪魔しないよう酒で取引した相手である。その後も方丈山に登れば、そばに現れたり消えたりするようになって、否応(いやおう)でもその気配がわかるようになった。

「フヒヒ、そうでもないぞ」

声まで真似(まね)され、虫唾が走った湊は苦言を申す。

「俺はそんな笑い方もしないよ」

ただニヤける古狸の周囲を二つの火の玉が回った。その様相は幽霊めいている。青白い光に照らされたその顔が片笑みを浮かべる。

「相変わらず独り言が多いな」

「――そうかな」

羞恥を覚えた湊は口元を押さえ、横を向く。その視界に、一台の軽バンが映った。

「あ、宅配便だ」

正面に立つ古狸はいまだ湊の姿をしたままで、同様に車を見ている。

この状況を見られたら、まずいだろう。

湊は焦った。さかんに宅配便を頼むため、配達員は顔見知りである。案の定、車から降りてきたのは見慣れた男性であった。

「こんばんは、楠木さん」

肩の厚い若者が、愛想よく笑った。

——古狸に向かって。

「こんばんは〜」

当然のように返事をした古狸は、笑顔になった。

なんという胡散(うさん)くさい笑みであろうか。己はこんな笑い方をするのか。こんな時ながら湊は若干引いた。

「今日も暑いですね」

「ええ、夏ですからねぇ」

当たり障りのない会話を聞く湊の顔が歪(ゆが)んだ。

おかしいだろう。

双子と見紛(みまが)うほどの二人が並んでいるにもかかわらず、そのことに対して配達員はこれっぽっちも反応を示さないなど。

彼はこちらに目もくれない。湊を認識していないようにしか見えなかった。

配達員がきびきびと後部ドアへ回る間、湊は古狸へ視線を送る。

燐光(りんこう)を発する眼(め)が、ひたりとこちらを見据えていた。

ぞわりと背中が粟立(あわだ)ち、顔面が強張(こわば)る。

「――配達員さんになにかした、いや、してるの？」

「なに、ちょっとした術を掛けただけよ」

古狸はさも愉快そうに嗤(わら)い、その眼がますます妖しい光を放った。けれども湊は身を固くするのみで、とりわけおかしな様子にはならない。

古狸は不満げに目を細めてつぶやく。

「これだから神と親和性が高い者は……」

どういう意味だ。

そう詰め寄ろうとした時、配達員が近寄ってきた。並ぶ湊と古狸は、表門を塞ぐように立っており、配達員が戸惑った表情を見せた。

すかさず古狸が前へと進み出る。

「ここで受け取りますよ」

「そうですか？　でも今日の荷物も結構重いですよ」

ダンボール箱を抱える配達員の腕には筋が浮き、その重量を物語っている。

「大丈夫です。俺、それなりに力はありますので」

古狸はダンボール箱をひょいと取り上げた。

「おっと」

突如重みが消え、配達員がよろけるも、古狸は涼しい顔したまま、片手で持っている。

驚きの相を浮かべる配達員は帽子をかぶり直した。

「あ、本当に力強いんですね。意外だ……」

「そうですか？　これぐらい大したことありませんよ」

にこりと笑う古狸の尻にぴょこっと狸（たぬき）の尻尾（しっぽ）が生えた。

それを目の当たりにした湊の目から生気が抜ける。

「自分の姿にふっさふさの尻尾が生えるところなんか、見たくなかった……」

顔面を覆う様子のおかしな男には構わず、配達員は古狸に話しかける。

「では、サインはこちらで書いておきますね」

毎度のことである。

「ありがとうございます。お願いします」

今までの愛想のよさはどこへやら。古狸は口だけでそういい、車に戻っていく配達員を見ることもなく、踵（きびす）を返（かえ）そうとした。

が、ダンボール箱の反対側を湊がガッチリつかんだことにより、阻まれた。

湊は真正面からうっすら光る眼を見据えた。

「これを持って、どこにいくおつもりで？」

「もちろん方丈山（わが家）だが？」

「みすみす逃すわけがないよ。これは置いていくように」

「断る！　絶対にいやだ！」

古狸がダンボール箱を深く抱え込んだ。しかし負けるわけにはいかない。

なにせこの中身は、名だたる名酒ぞろいなのだ。

「いやだじゃない、ダメに決まってる。このお酒たちは亀さんと龍さんが楽しみにしてるんだから、渡さないぞ」

頑なに拒否すると、古狸はしばし考え込んだ。

「――ああ、そうだ。唐突だが、やつがれの名はたぬ蔵という」

「ホントにいきなりの自己紹介だね。それで？」

「おぬしにやつがれの名を呼ぶことを許してやろう。その礼としてこの酒らを受け取ってやらんこともない」

「いえ、結構。古狸さん呼びで十分なんで」

「まぁ、そう言うな。実に名誉なことなのだぞ」

「はぁ、左様ですか。それはいいから、早くその手を離しなよ」

譲る気なぞあるはずもない。当然である。大した理由もなく、高級酒を大盤振る舞いしてやるほど酔狂でもなかった。

業を煮やしたらしき古狸は、上目遣いになった。

「ねぇ、お願い。一本だけでいいからやつがれにちょーだい？」

「ギャーッ！　自分の顔と声で媚びられるとか、気持ち悪いッ！」

痛恨の一撃であった。

仰け反る湊であったが、その両手は離さない。

だが古狸もめげない。

「ダメ？　どうしてもダメ？」

今度は目を潤ませ、泣き落としで攻めてきた。湊も視界の暴力で泣きそうである。

「頼むからその姿はやめてほしい。元の姿に戻ってよ……」

「しょうがない御仁だなぁ」

瞬く間に同体の背丈が縮み、ダンボール箱の重みが増すかと覚悟するも、そんなことはなく。元の大きさに戻った狸が両腕を上げ、底から支えていた。

「なにがなんでも酒を諦めない、その根性には感服するしかないよ」

苦笑すると、古狸が顔を輝かせる。

「そうか！　ならば、酒をくれるな!?」

「わかったよ……。でも一本だけだよ」

「十分だ！　ありがたし！」

「じゃあ、ダンボールを家まで運ぶの手伝ってよ」

「あいよ、合点承知の助～」

「うわ、すごい年齢を感じる」

「なんとっ、いまはそう言わんのか？　――いかん、現代語を学び直さねばならんな」

真剣なつぶやきが下方から聞こえ、湊は素直に驚いた。

「向上心があるのは素晴らしいね」

「なんのなんの、長生きしておれば当然よ。おぬしという、いい見本がいるから習得するのは造作もないだろう」

「なんか責任を感じるなぁ。話す時緊張しそうだ」

「しからば、大いに独り言を話すといい。ヒアリングに励む」

「盗み聞きを堂々と宣言しないでほしいんだけど……。それはそうと、最近はヒアリングじゃなくて、リスニングって言うよ」

「り・す・ニ・ン・グ。リスニングか、覚えたぞ」

声真似が得意なせいかすぐさま発音もまともになった。

侮れぬ妖怪と軽口を叩(たた)きつつ、えっちらおっちら表門を越えた。

「ぐッ」

古狸がつまずきかけるも、踏ん張ってこらえた。

「あれ、足引っかけた？　大丈夫？」

「あ、あたぼうよ。な、なんのこれしき……ッ」

妙に息苦しそうな声だと不思議に思う湊は知らない。古狸の全身に山神(やまがみ)からのプレゼント――己が体重の三倍以上の重みが加算されていることを。

かの陰陽師播磨(おんみょうじはりま)にもよく行われている、暇を持て余した山神様のお戯れである。なお誰にでも彼にでも行っているわけではない。

ともあれ無事に玄関にたどり着き、一番小さい日本酒をピンと伸ばされた獣の手に渡した。

「どうも、どうも！」

脂下(やにさ)がった古狸は酒瓶に頬ずりし、小躍りしつつ玄関を出ていく。表門に達する直前、

――ちりん。

風鈴の音が凛(りん)と響き渡り、その歩みを止めた。

――ちりん、ちりん、ちり〜ん。

どこか楽しげな連続音に耳をすませていた古狸は、肩越しに振り向く。やけに静かで、やわらかな眼つきをしている。

「風鈴のやつを世話してくれたんだな。――恩に着る」

「え？　あ、うん。大したことはしてないけど」

「あんさんにとってはそうかもしれんが、あやつは満足しとる。どうか末永くよろしく頼む」

まるで嫁入りの決まり文句のようではないか。

「ああ、はい……？」

湊はやや面食らいながらも返事した。

古狸はふたたび軽やかにステップを踏み、表門を抜けた途端、風のように姿を消した。

開いたままの格子戸を湊が閉めようとした時、またも火の玉が宙を横切った。

「さっきの鬼火と色が違う……」

今度のものは黄みを帯びていた。

また一つ、二つと数を増して舞うようにゆらめくそれら越しに、神の気配を感じた。

暗闇に染まる砂利を隔てた道に、一匹の白い獣が座している。淡い光で形作られており、明確に見えた。

細身の体軀、大きな三角の耳、目元を縁取る朱色、稲穂のごとき尻尾。

南部にある稲荷神社の眷属——狐であった。

「ああ、ツムギのストーカーくんか」

ぽろっとつぶやくと、白い狐は吊り目をさらに吊り上げ、イキリたった。

「我をそのような妙ちきりんな名で呼ぶな！　そなた失礼だぞ！　んぎゃあッ！」

こちらへ駆けてくる途中、何かに激突し、弾かれた。その瞬間、宙に金色の光の輪が広がるのを湊は見た。

おそらく山神が白い狐を拒絶しているため、透明な壁に阻まれたのだろう。

先日この若い狐は、思いを寄せるツムギと揉めに揉め、楠木邸を覆う神域の壁を何度も足蹴にし、山神の怒りを買って教育的指導を施されたのであった。

白い狐は地面を数回後転して態勢を立て直すや、そろそろと砂利の際まで寄りついた。

そのあたりまでならこられるらしい。しかしその頭は下がったままだ。

物理的に上げられないのか、それとも前回のことを反省しているのか。判断はつきかねた。

「あの……。先日は大変失礼しました……」

居住まいを正した狐から、消え入りそうな声が聞こえた。遠目で表情はうかがえないが、どこか不本意そうだ。

誰かに怒られてしぶしぶ謝罪に来たのかもしれない。

「謝る相手は俺じゃないと思うけど」

「そなたがこの家の主なのだろう？」

「いや、まぁ……そうなるのかな？ とりあえず？ 仮の主みたいな感じ？ かもしれない」

至極あいまいな言い方しかできない。

山神にも『お主がここの主ぞ』と告げられているが、実際はただの管理人である。そんな立場で、この家の主でございと大きな顔をすることはできなかった。

面を上げた狐が小首をかしげる。

「そんなに立派な表札を掲げているのに、いやに消極的なんだな」

湊は真横の表札を見た。『楠木』の書体が、夜空に輝く満月さながらに光っている。狐の言葉通り、我が物顔で主張していた。

「あー、これは……。一軒家に住んだあかつきには、自分でつくった表札をかけると子どもの頃から決めていたもので、つい……。なんか調子に乗ってすみません」

「いや、我に謝られても困るけど……」

間の抜けたやり取りをしている最中でも、狐は一度たりとも視線を外さない。その眼光と態度は剣呑さを含んでいるといってもいい。

どうにも居心地が悪く、かつ不可解でもあった。

「――まだ何か俺にいいたいことがあるのかな」

わからないなら直接訊くに限る。とりわけ相手は神の類である。己に正直であろうから腹の探り合いは不要だろう。

「ツムギはいつもここになにをしに来ているのだ」

斬り込むように告げた狐のまとう光がゆらめき、眼光の鋭さが増した。

「そなたに逢いに来ているのではないのか」

なんということだ。恋敵だと思われているらしい。

それに気づいてしまい、湊の目から急速に生気が抜けた。

「いや、違うよ。ツムギは――」

「違う？　ならなぜツムギがここを訪れた時、神域を閉ざして見えなくするのだ」

食い気味に言われた情報は初耳であった。

「それは知らなかったけど……。あ、たぶんツムギが露天風呂に入るから、山神さんが気を利かせて閉じてるんじゃないかな」

山神は、いずこからうかがっていたらしいこの暴走気味な狐に、ツムギの入浴シーンを見せないようにしたのだろう。

それもあって、ツムギは安心してここに遊びにくるのかもしれない。

湊が己の考えに納得していると、狐は素っ頓狂な声をあげた。

「——ろ、露天風呂だと……！」

ブワッと毛を逆立て、身をそわつかせた。

若い狐の反応は致し方ないかもしれない。人間である湊にとって入浴中のツムギは、毛が濡れたら小さくなるなという感想しか持てないとしても。

「そうだよ。ツムギは露天風呂目当てに遊びにくるんだよ」

あといなり寿司。と続けるのはやめておいた。ツムギがただ己の欲望に忠実なだけの、卑しい狐だと勘違いされたらいたたまれない。

「いまそなたが申したことは全部まことか？　わが主に誓えるのか？」

狐の態度に変化はなく、いまだ疑いは晴れないようだ。恋する若造は厄介である。

「知らない神様に心の底から誓うことはできないけど、山神さんには誓えるよ」

片手を挙げて宣誓すれば、狐が仰け反った。

その手のひらから何かが照射されたのではなく、山神の神圧を受けたせいだと湊も察した。

「う……む……、そうか……」

どうにか納得してくれたようだ。

うつむく狐からは覇気が消え、その身が発する光も淡くなってしまった。耳と尾を下げてしょんぼりする姿は小生意気な若造とはいえ、哀れみを誘う。

「——ツムギから全然相手にされないのかな」

すげない態度のツムギを見たため、あらかたの想像はつくが、自身の口からも聞いてみたかった。

狐は力なく左右へ首を振った。

「まったく、これっぽっちも」

存外素直であったが、湊は浅くため息をついた。

「相手にされないからって、喧嘩をふっかけるのは間違ってるよ」

「——しかし他に方法が思いつかなくて……」

「その結果、ツムギに嫌われたんだよね」

「うぐぅッ」

鉛玉でも喰らったように狐はよろけて呻いた。が、気丈にも反論してくる。

「き、き、きら、嫌われているわけではないっ」

「ないって思う？　本当に？　あんな冷たい態度のツムギ、俺いままで見たことないよ」

「そ、そんな……」

前屈みになった狐は地面にめり込みそうだ。

少しばかりイジメすぎたかもしれない。されど、ツムギが受けた迷惑はこれぐらいではすまないだろう。

しかしながら、白い狐はまだ若い。改心するならば、やり直しは十分きくと思われた。

「これは俺が勝手に思ってることなんだけど……」

やわらかな口調で言うや、狐の視線が上がった。

「ツムギは、ひとりの時間を大切にするタイプだよ。ここにいる間も常に俺や山神さんと話しているわけじゃないんだ。まったり温泉に入って、ゆっくりお菓子を食べて、うたた寝をすることだってある」

その時のツムギは、本当に無防備でやや危なっかしくもある。

「詳しくは知らないけど、家に眷属も多いらしいし、ひとりになりたい時に出かけて、ここにも寄るんじゃないかな」

「そうだったのか」

しみじみとつぶやいた狐に、湊は苦笑する。

「たぶんだよ、たぶん。ツムギに聞いたわけじゃないよ。——だから、そんな休憩したい時にしつこくされたら、余計に苛立つんじゃないかなーと」

ズウン……とふたたび狐が地面に額を付けた。

「ともかく、喧嘩腰で突っかかるのはやめるように」

ツムギのためを思い、そこは強調しておいた。

狐はしばし黙したあと、猫撫で声で言ってきた。

「少しだけ話しかけるのもダメか?」

「すぐには無理じゃないかな。しばらく時間を置いたほうがいいと思う」

「しばらくとは、どれくらいだ。二、三日ほどか?」

「長く生きる神の類とは思えないせっかちさだね。数ヵ月はあけようよ」

「そ、そんなにか……！」

悲痛な面持ちになったが、長生きゆえ数ヵ月や数年程度ならば大した年月でもあるまい。神の時間感覚に感化されてしまった湊に対し、狐はなおも食い下がる。

「どこへ行くのか知るために物陰から見つめる程度も許されないのか？　あとを追う――いや、無事に家まで帰るのを見届けるくらいも？」

「なんてことだ。本当にストーカーだった……」

「貴様っ、その妙ちきりんな名で我を呼ぶなと何度言えば、わか……っ！」

反射的に前へ出そうになった前足を、ぐっと狐は止めた。

やればできるではないか、と湊は思った。

それなりの時間、唸(うな)って己と格闘していた狐が居住まいを正した。その身を覆う白光が輝きを増す。

――シャンッ。

かすかな神楽鈴(かぐらすず)の音が鳴るのを、湊は確かに耳にした。

のちに湊は、その音は神の類が誓約を行う際に鳴るのだと山神から聞くことになる。

「――わかった。我が主に誓い、しばらくツムギとの接触および見つめるのも控えることにする」

明瞭な声で神の眷属が宣誓した。

「うん。ちなみにどれくらいの期間？」

「ひと月。――いや、ふた月は我慢する……！」

湊が白けた目で見ると、言い直した。

すると狐の頭上で神楽鈴が派手に鳴り響き、ここに誓約がなった。


もしこの誓約を破ろうものなら、死をもって償わなければならない。それほど重いものなのだと、これも湊はのちほど知ることになる。


ともあれほんの短い期間にすぎないが、これでツムギも心置きなく外出できるようになるだろう。

その後は何も保証はできないけれども。

「追いかけられたら逃げたくもなるよね」

「――なに？」

ただの独り言を聞かれてしまった。

「なんでもないよ。それはそうと、キミのお宅にあるイチョウは元気にしてる？」

強引に話を逸らした。これ以上、他人（狐）の恋路に口を挟みたくない。何より恋愛事に長けているわけでもないため、役立つアドバイスなぞできそうになかった。

なおイチョウとは、雷によって倒れた御神木である。

その木に宿っていた精霊が瀕死になっていたのを、たまたま近くを通りかかった際に知り、クスノキの生命力を渡してよみがえらせたのであった。

「うむ、とても元気だ。かのイチョウはそなたによって助けられたらしいな。その……それも感謝している……」

　あの時、同行していたセリが言っていた。イチョウに落ちた雷は自然現象ではなく、神の類が放ったものだと。

　耳を下げているあたり、この狐の仕業であったようだ。

「なんでイチョウを攻撃したのかは訊かないけど、もう二度としないでほしい。命あるものなんだよ」

「——肝に銘じる」

「うん。——イチョウは急激に大きくなってないかな？」

「大きくはなっていないが、ひこばえがあまりに早く育っていると、神社関係者の間でやや騒ぎになってな」

「ああ、やっぱり……！」

　湊が頭を抱えるも、狐は動じなかった。

「だが、心配は無用だ。我が宮司の夢枕に立ってお告げをしておいたからな」

「なんて言ったの？」

「かのイチョウは神霊が宿りし、霊験あらたかな木である。通常の木よりはるかに生長が早いのは当然のことなり。大事に慈しみ育てよ、と。その後、騒ぎは収まり、あたたかく見守られている」

「よかった。ありがとう」

「——うむ」

視線を逸らし、そわそわと前足を動かした。気恥ずかしいようだ。

若いなと改めて思う。人間に換算すると中学生ほどらしいので、ぜひとも早急に内面を成長させてほしいものだ。オトナのツムギのためにも。

湊はそう願うばかりであった。

第2章 実はそこそこ騒がしい楠木邸

クスノキのもと、箒（ほうき）を手にした湊は四方を見渡した。

隅々まで朝日に照らされた庭には、一枚の葉すら落ちていない。いつもと同じように整然と整っており、突然誰が訪れたとしても、自信を持ってお見せできるだろう。

「よし、今日の掃除は終わり～」

陽気に告げたあと、裏門の方角をじっと見つめた。

晴れ渡る空に長い雲が浮かんでいる。

ゆるやかに動くその影が落ちるのは、泳州町（えいしゅうちょう）。特筆すべきものもない小さな町影のそこが、つい最近まで瘴気（しょうき）に覆われていたなど、にわかには信じがたい。

それは悪霊を増やしていた退魔師のせいであったのだと、播磨から聞いている。

その人物を捕らえる際、大量の悪霊を放たれ、湊が風の精に託した護符によって完膚なきまでに祓（はら）い終えたという顛末（てんまつ）も。

「――もう問題ないって言ってたしな……」

その後、播磨を含む陰陽師たちは、他県へ行ってしまった。つくづく忙しい職だと思う。いつでもまったり自らのペースで仕事ができる己とは大違いだ。

詮ないことを考えていると、背中に軽い衝撃が走った。

「おっと」

肩甲骨の間に、しかとしがみついているのは、エゾモモンガである。

首を曲げて見下ろすと、得意げな顔をしている。屋根から滑空し、着木ならぬ着湊をしたのであった。

神霊は、山神から与えられた新たな体をようやく使いこなせるようになった。歩行訓練の次に方丈山で飛行訓練を行って以来、家でも練習を続けている。

「見てなかったから、もう一回やってよ」

両眼をつぶって了承したエゾモモンガは反転し、背中を伝い下りて駆け出した。先日までの覚束なさなど微塵もない。爆走ともいえる速さで走り、家の壁を駆け上がり屋根に乗った。

「おお、素晴らしい速度」

感心しつつ湊は片手を挙げ、指を広げた。

エゾモモンガは屋根の縁をちょこちょこ動いて位置を調整し、えいやっと思いきりよく跳んだ。被膜を広げ、滑空する只中もその両眼は見開かれ、湊の手のひらを一心に見つめている。

音もなく滑るように向かってきて、湊の指に抱きついた。その時、かすかに眼を閉じてしまったものの、問題なく目的場所まで滑空できたのなら上出来だろう。

「すごい上手になったね」

湊が笑顔で褒めると、神霊もくすぐったそうにはにかんだ。


高揚した様子のエゾモモンガは手から跳ぶ。

が、あえなく着地に失敗。ビタッと四肢を広げた姿勢で地面に落ちてしまった。

「大丈夫!?」

湊が焦るも、即跳ね起きたエゾモモンガは走り出した。痛がっている風でもなく足取りに不安も感じられず、まさに育ち盛りの子どものようだ。

「元気があってなによりだけど」

苦笑しつつ、石灯籠へと向かう小さな後ろ姿を眺めた。


そこにエゾモモンガがたどり着く直前、火袋からピンクのひよこ——鳳凰(ホウオウ)が飛び立った。こちらはいまだ幼体のままだが、その動作にゆるぎはない。

優美に翼をはためかせるたび、真珠色の粒子が舞う。一幅の絵画のように地上へと降り立った。

「さすが鳥さん、長の風格満点」

湊が称賛する中、鳳凰のもとにエゾモモンガが馳(は)せ寄り、顔を突き合わせている。

面倒見がよい鳳凰は、神霊の歩行訓練——山神が与えたボールでのキャッチボールに幾度も付き合っていたから仲がよい。

身ぶり手ぶりを加え、会話を交わすひよことエゾモモンガの傍らを霊亀が横切る。

その山型の甲羅に突然エゾモモンガが抱きついた。半眼の霊亀はいやがることも驚くこともなく、神霊を乗っけてのんびり小径を歩いていく。

「親子かな？」

微笑ましい光景である。

霊亀もエゾモモンガが歩行訓練に励んでいた折、ただ静かに見守り、転んだ時は黙ってその身を起こしてあげていた。

「亀さん、ほんとに優しいな」

川べりに達した霊亀の背からエゾモモンガが跳んで、縁の石に乗るや、下方をのぞき込んだ。

いまにも川に落ちてしまいそうで、ハラハラと湊が見守っていると、前のめりになったエゾモモンガの頭部が急にこちら側へ傾き、石の上で尻餅をついた。川面から突き出た応龍の羽で押し戻されたからであった。

「落ちなくてよかった。龍さんもよくお世話してくれるなぁ」

応龍も普段通り何も言わず、優雅に上流へと泳いでいった。

少し肩を落としたようなエゾモモンガであったが、今度は庭の中心に戻ってくる。

その途上、突然振り返った。裏門の屋根に伏せた麒麟と見つめ合う。

麒麟はここを訪れるようになって以来、湊の動向を注視し続けていたのだが、神霊が庭を徘徊するようになってからは、そちらに視線を向けることが多くなった。

おかげで湊は、少しほっとしている。

「神霊には悪いけど……」

小声で本音が漏れてしまったが、誰にも聞き咎められることはなかった。

それはさておき、麒麟も神霊に気を配っている。ボールを追いかけていた時、勢い余って川に落ちれば即座に救出してくれたこともあった。

その甲斐もあって態度は素っ気なく、視線がうるさい麒麟も神霊に受け入れられている。

ふいにエゾモモンガが視線を外し、ダッシュした。クスノキの根元までくるや、そのそばに立つ湊を見上げる。

「お好きにどうぞ」

頷いたエゾモモンガは、嬉々として幹を登りはじめた。

神霊はクスノキに登る際、必ず湊に許可を取る。このご神木は湊の所有物ゆえという認識らしい。

「律儀だよね」

横を向いてクスノキに声をかけると、樹冠をざわつかせて同意してくれた。

クスノキの樹高は今、湊の胸部あたりになる。ほとんど生長していないのは、南部のイチョウを助けるために生命力を分けたからではない。

クスノキ自身が、さほど大きくなりたくないと思っているからだ。ここのところ、その真意が伝わってくるようになり、もう山神に訊かずとも理解できるようになった。実に喜ばしい。

「思いは通じるものだな、なんてね」

ただ思い続けたからといって、誰でも叶うものではない。相手が神の力を宿す特別な木であり、なおかつ湊が強く望んだ結果であった。

何しろ湊には、四霊が加護を与えている。

その威力は、世界を征服したいと熱望すれば実現できるほど強力だが、欲の薄い本人が望むはずもなく、猛威を振るうこともない。


湊と語らうクスノキの幹を登ったエゾモモンガは、枝へと移って這い進んでいる。

どこまで進めるか挑戦しているらしい。

楽しそうでよろしいが懸念もある。枝はいかに細くなろうと折れやしないが、エゾモモンガはやや粗忽者ゆえ、うっかり落下してしまうからだ。

痛みはあっても怪我や骨折をしないせいか、無茶をしがちである。

あまり甘やかすなと山神に注意を受けたこともあり、湊もなるべく手を出さないようにしているが、心臓に悪い。

「あっ」

案の定、小さな体軀が樹冠から飛び出るように転がり落ちた。

そこに近寄った湊が見下ろす。その影に覆われたエゾモモンガは仰向けで大の字、いや被膜と尻尾が長いため、中の字になっている。

「まーた、無茶して――」

お小言が途切れた。

グースカピー。浅く口を開けた神霊は、寝ていた。これもままあることだ。

よく食べ、よく遊び、突如電池が切れたように眠る。

「まるっきり子どもだよね……。それにしても無防備極まりないなぁ。いまはいいけど、そろそろ自覚を持ってもらわないといけないよね」

ざわり。クスノキも大きく身を震わせ、賛同した。


神霊はいつまでもここにいられないからだ。

支障なくその身が動かせるようになったならば、そろそろ方丈山のほうへいかなければならない。

ここは、山神の神域である。

本来、複数の神が同一の神域に住まうなどあり得ない。神気が衝突し合い、ともすれば神域が壊れかねないからだ。

「とはいうものの――」

湊は箒を地面に置き、エゾモモンガを両手でそっと抱え上げた。その体毛はごわつき、手触りも悪い。昨日、風呂上がりに自ら乾かしていたが、やはり火の粉を散らしたあげく失敗していた。

はっきりいえば、かなり見栄えも悪く、神様には身綺麗(みぎれい)にしていてほしいと思う湊は名状しがたい相貌になった。

山神も時折、寝起きの際はそりゃあもう威厳など宇宙の彼方へ吹っ飛ぶくらいひどい時がある。けれども胴震いさえすれば、あら不思議、どこにお出ししても恥ずかしくないサラツヤヘアーに戻るのだ。

「まだまだ本来の力を遣いこなせないみたいだし、方丈山にはいかせられないけどね」

己の毛を乾かすこともままならず、そのうえ姿も隠せない。ここから巣立つのは時期尚早であろう。

「この愛らしさだからな……。人に見つかったら、大騒ぎになりそうだ」

そこが一番心配なところである。

思いつつゆらさないよう、縁側へと近づく。

そこには、当たり前のように大狼がいる。

お気に入りの座布団に横臥し、気だるげにこちらを見ていた。

その視線を受けても、手の中に横たわるエゾモモンガが眼を覚ますことはない。

最初の頃、山神の姿に恐れをなし、近づくこともままならなかった神霊であったが、いまではさして怯むこともなく。見つめられていようが、ムニャムニャと幸せそうな寝顔を晒している。

「慣れれば慣れるもんだね」

喜ばしいことではあろう。同じ釜の飯を食うモノにいつまでも怯えられていては、心安らかに日々を過ごせまい。

神霊の仮宿——石灯籠の火袋にその身を収容する。

ふかふかな小座布団の上で、またも豪快に手足を伸ばした。

「おやすみ。良い夢を」

湊の言葉が終わるや、シャッターめいた窓が閉じた。


――ちりん。

風鈴が鳴る縁側に戻ると、山神の大あくびが迎えてくれた。その正面に座りながら尋ねる。

「山神さん、眠いの？」

「否、ただの癖のようなものである」

確かにその開かれた両目に眠気は感じられない。


昔のように多くの人々に、山神へ信仰を向けてもらうべく、荒れ果てた方丈山の整備とかずら橋の修繕をした結果、人が訪れるようになった。

連日盛況だといっていい。

かの山には希少な動物も多い。それを知った愛鳥家が写真に収め、ネットに晒したことで全国からこぞってお仲間が集まるようになったのであった。

それについては、いまは置いておく。

肝心の山神に変化はあったのかといえば、とりわけないとしか言えない。しかしながら目に見える形で変化を望むのは難しいかもしれない。

以前からその姿は明確にそこに在るうえ、毎日のんべんだらりと平穏に過ごしてもいるからだ。

「山神さん、調子はどう？」

わからぬなら直接訊けばよかろうと尋ねてみれば、大狼は軽く顎を上げ、全身から光線を放った。

「すこぶるよき」

「な、なによりでございます」

言葉とは裏腹に湊は内心で唸った。

なにせこの現象は山神のお家芸ともいえる。眩さに違いはないように思われた。

「元気ならいいけど――」

という他あるまい。まさか確かめるために庭の改装をやってみてよなどと言えるはずもない。無駄に力を遣う必要はないのだ。山神が末永く健やかであってくれればそれでいい。

思う湊はいまだ輝きを放つ御身から目を守るべく、瞼は伏せ気味である。

しかし完全には閉じていない。必死に山神の姿を見ていた。

神獣と霊獣の違いを知るために。

先日、人ならざるモノに造詣の深い播磨の父から言われたからだ。

両者の違いを知りたくば、もっと注意深くみろと。

それから一日も欠かさず、山神と四霊を凝視して鍛錬を重ねた。

気配も探るべくすべての意識も向けるため、かの麒麟が照れて逃走を図るほどである。

むろん眼前の山神の場合、尻尾を巻いて逃げるなどあり得ない。どこからでも気が済むまでみるがよい、と言わんばかりに座布団の上で食っちゃ寝している。

ゆえに湊も遠慮せず両者を見比べ、その都度違いを口にしていた。

「亀さんたちも神々しさにあふれてるけど、山神さんのほうが濃いように感じる。こう目に飛び込んでくるというか、絶対に無視できない強さがあるというか。――いまいちうまくいえないけど、気配は山神さんのほうが強いんだと思う」

「当然よな」

「それと気配に硬さもある感じ。痛くはないけど肌がピリピリするし、気を抜いたら身体も押されるくらいの圧があるし。今日はより一層そう感じるような気がするんだけど……？」

「よう気づいた。昨日より若干圧を高めておる」

山神はこっそり試すようなことをする。

微苦笑しつつ湊は、山神から庭に散らばる四霊へ順に顔を向けた。

「それと今日気づいたんだけど、香りがするのは山神さんだけなんだよね。――あと動く時に、硬質な音が聴こえるようになった。亀さんたちが動く時も聴こえるけど、だいぶ音がやわらかいような気がする。こっちはまだあんまり聴こえないけどね」

ほう、とつぶやいた山神が両眼を細める。

「ずいぶんと知ることができるようになったものよ。あの激烈に鈍ちんであったお主がなぁ」

しみじみと宣（のたま）った。実に感慨深そうである。

「いや、俺はそんなに鈍くないはず……。いや、鈍かったね」

しかと意識を向けないと気づけなかったのならば、反論の余地はなかろう。

山神は組んだ前足に顎を乗せた。

「うむ。霊亀らを、神々しいから神様みたいなどとのんきに思っておったがゆえ、妙なふぃるたーが掛かっておったのであろうよ」

「――そうなのかな？」

「うむ。しかしまぁ、あれらは神の力も内包しておるゆえ、紛らわしくはあろうな」

四霊は、天の四方を司（つかさど）る四神から力を与えられている。

それは、四霊が弱いゆえだという。

通常の動物と同程度の身体能力のうえ、ろくに戦う術を持たないからだ。

彼らが生来有する固有の力は、幸運を授けること、動物たちの長であること。その二つである。


湊は正面を向いたまま、耳をそばだてた。途切れ途切れながらも麒麟と応龍の声が聴こえる。

『――応龍ど……滝登り……速度……落ちて……か？』

『なんの……。優雅……華麗に登ってこそ……霊獣としての……』

うきー！　麒麟の叫び声が庭に木霊（こだま）した。

『どれ……予も泳ごうかの。鳳凰のもたまに……どうぞい』

『残念ながら……流れに押し流されるゆえ……遠慮して……』

霊亀と鳳凰のやり取りがしたのち、羽ばたき音が近づいてくるのと、ぽちゃんと霊亀が川に飛び込んだのであろう音も耳に入った。

そんな二匹が立てる音の方にばかり気を取られ、言い合う麒麟と応龍の声は聞き取れない。

湊は座卓の上で両指を組んだ手に力を込める。

眉間に皺を寄せるその顔を山神が一瞥した。

「目を閉ざし、耳のみに集中するがよい。――四霊の声を聴きたい。そう強く念じつつぞ」

「――うん。昨日より聴こえるようになったみたいだけど……」

言われるまま瞼を下ろすや、

『おお、だいぶ聴こえるようになったか！』

羽音とともに座卓に舞い降りた天使――否、ひよこの声が明瞭に聴こえた。

喜びの感情もありありと伝わってくる。いつものように背を伸ばし、翼をはためかせているであろう姿も想像できて、湊の口角も上がった。

「ちゃんと聴こえてるよ、鳥さんの威厳のある声」

そう言ったものの、その声は若々しい青年の声である。

その愛らしい見た目は一時的なものにすぎない。元の姿は目を奪われるほどの美しき成鳥であり、多くの鳥に慕われているため、王めいた声を想像していたのだが、いい意味で裏切られた。

ともあれ湊も、ようやく四霊と会話を交わせるようになった。

しかしまだ完璧ではない。気がゆるむと聴こえなくなる。

集中力が切れて目を開けると、斜め下方の鳳凰がくちばしをパクパク開閉していた。

「ごめん、鳥さん。もう聴こえないよ」

『――うむ、致し方あるまい。だが、聴き取れる時間は確実に長くなってきている。もうコツをつかんだのなら習得は早いだろう。あとは鍛錬あるのみだ』

また厳しいことを言われてるのかなと思いながらも、そわそわと足踏みする鳳凰がうれしそうなのでよしとする。

待ち望んでいてくれたのであろう。

霊獣は、人間の脳に直接声を届けられるのだが、その時、馴れない者は頭が割れるほどの痛みが伴うという。

ゆえに四霊は決して、その手段を取ろうとしなかった。湊に少しの苦痛すら与えたくないばかりに。

湊は面映ゆい気持ちをごまかすように、石灯籠を見やった。

そこで爆睡中の神霊の声はまだ知らない。

湊が聴こえるようになったことに感づいて話さないのか、たまたまなのか。

いずれにせよ、そのうち機会は訪れるだろう。

「神霊はどんな声をしているのかな。聴くのが楽しみだ」

弾んだ声を出す湊を鳳凰と山神が見たあと、顔を見合わせた。

第3章 ぬしの名は

『ちょっくら竜宮城にいってくるぞい』

なんのてらいもなくそう伝えてきた霊亀と、その仲間たちを送り出した翌日。陽気にやってきたウツギが、石灯籠のそばで神霊と向き合っている。

昼下がりの陽光を浴びながら拳を握るテンが、眼を閉じたエゾモモンガを励ましているようだ。

その様子を縁側に腰掛ける湊が見やったのち、背後で伏せた大狼へと視線を流した。

「山神さん、ウツギたちはなにをしてるの？」

「念話の練習よ。いま山におるセリやトリカと話すべく励んでおる」

「ああ、なるほど」

神霊はそれもできなかったのか、とさすがに口には出せなかった。

神霊はいまだ生来の力を遣えず、山神の眷属としての力もまともに行使できない。

「じゃあ、山神さんとセリたちとも、感覚をつなげることもできないのかな」

「うむ。残念ながら、な」

遠方に赴いた眷属は、五感で得た情報をダイレクトに山神と他の眷属にも伝えることが可能である。

眷属ならば労せずしてできることすらできぬとは、これいかに。

湊は履き物を脱ぎ、きちんと山神と差し向かった。

「俺にはまったくわからないけど、山神さんが与えた体が神霊に合わなかった、なんてことはないの？」

なかなか際どい質問だと内心で思っている。ともすれば、山神の不手際と取られかねないからだ。

とはいえそう沸点は低くないはずの山神なら、いきなり怒髪天を衝くことはあるまい。

目論見は当たり、山神はしばらく眼を伏せて考え込んだ。

「――うむ。思ってもみなかったが、そういう場合もあろうか……。いや、しかしつくった際、気は抜かなかったぞ」

やや不穏な言葉が聞こえたが、湊はあえて触れなかった。とりわけ心当たりがないのであれば、その可能性はないのだろう。

「単に神霊が、その……不器用なだけなのかな？」

ためらいがちに小声で訊くや、山神は起き上がった。鎮座するその顔は、やけに厳しい。

「我もそう思うておる。――まだあの身を動かせるようになったばかりゆえ、他のことにまで気を回せぬのであろう。これからぞ。いましばらく様子を見る」

「――そっか」

眷属には手厳しい山神のことだ、妥当な判断といえよう。

湊と山神が同時に石灯籠の方を見やると、ウツギが熱く説明している真っ最中であった。

「――違うよ。もっとこう、額あたりにグッと力を入れたら、ふわふわ～となんかみえてくるでしょ。そしたら、そこにガガッと意識を集中すれば、パァー！　とセリが見てる景色が視界全体に広がるよね!?」

いかにも感覚で物を捉えているモノの説明の仕方であった。エゾモモンガは理解しがたい顔をしている。

「あれじゃ、わからなさそうだ」

湊も苦笑いするしかなかった。しかし山神一家のつながりは理解の範疇(はんちゅう)を超えているため、アドバイスのしようもない。

指導するのはセリが適任だったのではと思うも、彼らのやり方に口出しする気もなかった。

エゾモモンガはあたりをうろついたり、二本足で立って体を伸ばしたり、いろいろと模索して励んでいる。が、しょんぼりとうつむいてしまった。

「ダメだったか……」

湊はいたたまれなさに顔を背けた。

「うむ……」

山神もしょっぱい顔をしている。が、気の長さに定評のある神はそこまで気にしていない。

「なぁに、じきに全部できるようになろう。いまも欠片(かけら)もできておらぬわけではない。念話もかすかに聴こえておるうえ、セリが遠くから眺めているこの家も、うっすらみえておるぞ」

「じゃあ、続ければ問題なくできるようになりそうだね」

「おそらくな」

山神たちがそんな会話をしている間、ウツギが弾んだ声をあげた。

「――念話はまた明日にしよ、明日！　じゃあ次はね～、炎を出して見せてよ！」

その両眼は期待できらめいている。

炎は今のところ、神霊が唯一行使できる己の力である。それを遣えば、落ち込んだ神霊の気分も上がるだろうと、ウツギが気を利かせたのかもしれない。

「ウツギ、すっかり大人になって……」

じんわりと感傷に浸る湊を山神が半眼で見た。

「――否、ウツギはただ単に、炎をじかに見たいだけぞ」

「いや、意外にも気遣いに長けたウツギのことだから――」

揉め出したふたりをよそに、神霊は気を取り直し、やる気になっている。

ぽっかりと出入口の開いた火袋のもと、毅然(きぜん)と面を上げ、きゅっと拳をつくった。

ボッ！　と瞬時にその全身が炎に包まれた。

「ふわ～！　すごい、おっきな炎だ～！」

ウツギは、風神ならびに湊の風や雷神の雷にも憧れているため、火の玉と化した神霊の周囲を、

すごいすごいと歓声をあげてはしゃぎ回った。

それに応えるべく、エゾモモンガの眼も燃え盛る。

いいところを見せたいと思っているのだと、湊は察した。

落ちつきがなくなった湊と両眼を眇めた山神が見つめる先で、炎が形を変えた。

エゾモモンガの足元で渦を巻き、一筋の火が螺旋(らせん)を描き、その身を昇っていく。

「うわー！　炎の龍みたい！」

きゃっきゃとウツギが歓声をあげるも、

「わっ、あっつぃッ」

急に大きく後方へ飛び退(しさ)った。

その瞬間、石灯籠の火袋から火花が散った。

神霊の寝床である火袋内の小座布団が燃え上がったのだ。他にも、クスノキの枝と葉が入っている。

火袋から生き物めいた火の舌が無数に伸びる。

神霊が焦るも、炎の勢いは増すばかり。

湊の後方で盛大なるため息がしたあと、火袋の窓が目にも止まらぬ速さで閉ざされた。

騒然となった場に、一瞬にして沈黙が落ちる。

湊が縁側に歩み寄っていく。

「中の座布団は人工物だったからね……」

火袋はほぼ真上の位置であったから、直火(じかび)を食らったようなものだ。神が出す火に太刀打(たちう)ちできなかったのだろう。

神霊を取り巻く炎はまだ消えていない。

決してその身を焼くことはないのだとわかっていてもやや心臓に悪い。

そんな神霊が所在なさそうに佇む石灯籠に近づくと、窓が開いた。途端にあふれ出す焦げた臭いに鼻周りを覆う。

「湊、気をつけてね」

斜め後方で首を伸ばすウツギに注意を促された。素早く逃げたおかげでその身は無事のようだ。

「わかった。――あー、座布団もクスノキの枝葉も全部燃えちゃったね」

背を屈(かが)めて見れば、神霊のお気入りの品々が黒い塊となっていた。が――。

「あれ、まだ火が残ってる――」

突如その中央から赤色が広がった。その火が湊の顔面に襲いくる。

「湊！」

仰け反る湊の名を神霊が叫んだ。

同時、とっさに己を守るべく風を放った湊の動きが止まる。

その両の目は、焦点を結んでいない。

炎を纏うエゾモモンガから、一筋の火がまっすぐ伸びた。それが湊の胸部を取り巻き、徐々にすぼまっていき――。

「ならぬッ！」

山神の大喝が響くや、神霊を包む炎と火の筋も消し飛ぶ。

直後、湊の目にも生気が戻った。

「――うわッ」

よろけたそのふくらはぎをウツギが支えた。

「湊、しっかりして！」

――ちりん！　ちりりりりん！

風鈴も警鐘のごとく高らかに鳴り続ける。

「え？　あ、うん。――えーと、俺どうしたんだろう？」

体勢を立て直す湊は、自らが神霊に何をされそうになったのか、まったく理解していなかった。

大狼が縁側から飛び降り、みなのもとへ向かう。

鼻梁に深く入った皺、頭部と尻尾を下げたその歩み。ほとばしる神圧に圧倒され、湊はまたも仰け反った。

そのおっかない大狼が足を止めたのは、縮こまったエゾモモンガのもとであった。

厳しい顔つきで神霊を見下ろす。

「己がなにをしかけたか、わかっておるな」

「――はい」

甲高い少年の声が返事をした。

「かの魂を己に縛りつけるつもりであったか」

「――否。ただ護らねばならん、と思ったのじゃ……」

伏せ目で泣きそうな声で言われてしまい、山神も神気を抑える。

「しかし悪手ぞ。己が力をまともに遣いこなせぬ今の状態で、かように力を込めるとは。先のことをまったく考えてもおらんかったであろう」

「まことにかたじけない……」

内容を理解しがたい湊は口を挟めない。下方を見やるとウツギに促され、相対する神々から離れた。


「山神が言った、かの魂とは湊のことだよ」

ともに縁側に腰掛けると、ウツギが硬い小声で教えてくれた。

山神や他の神も個人の名をなるべく呼ばないようにしているのは、湊も気づいていた。

そのうえ思い起こせば、今し方、あの幼い声で名を呼ばれたような気もする。

「神様が個人の名前を呼ぶとなにかまずいの？」

「力を込めて呼べば、その者の魂を己に縛りつけることができるんだ」

「――そうすると？」

「人間は輪廻の輪から外れて、転生できなくなる。ずっとその神とともに在ることになるんだ」

「お、おう」

それはよいことなのか、悪いことなのか。

悩ましい顔になった湊を後目に、ウツギはあけすけに語る。

「どちらかといえば、飼い殺しだと思うよ。たいがいの神は己が望み、なおかつ人間も同様ならそうするけど、中には気に入った魂を無理やり自らに縛りつける神ももちろんいるよ」

「――神様だからね」

「そう、神は身勝手だからね」

神々との付き合いが長くなってきたからこそ理解できる。たとえ理不尽であろうと神とはそういう存在なのだと。

猫背になった湊は考え込む。

「無理やりじゃなくて、人の方もそう望むのなら、それは幸せなことなのかな」

曲がっていた背を伸ばしたウツギは、やけに真剣な面持ちになった。

「わかっているだろうけど、人間は死ぬ生き物だよ。それは、あらかじめ決められていることなんだ。その理を無理やり捻じ曲げてしまえば、人間の魂は変質する。自ら死を望むようになることもあるよ」

まだこの世に生まれてあまり経っていない眷属であれど、山神から記憶を継承しているだけにその言葉には、重みがあった。

その時、唸りをともなう山神の声がした。

「徐々に成長していけばよいと思うておったが、そう悠長に構えてはおれぬわ」

ハッと湊がそちらを見やる。

うつむくエゾモモンガを山神はじっと見下ろしている。

「ぬしの力、またいつ何時暴発するやもしれぬ。早急に手を打たねばならぬ」

何をしようとしているのか。

不穏な気配を感じた湊は、顔色を変えてそばに駆け寄った。

「山神さんっ」

どう言葉を続けていいかわからず、ただ呼びかけた。

山神が視線のみを向けてくる。

「なぁに、なにも案ずることはない。こやつに名を与えるだけぞ」

「名を与える……？　じゃあ、いままで名前がなかったってこと？」

びくりと身をはねさせたエゾモモンガを、山神はやや痛ましげに見やった。

「否、あるにはある。しかしその神名を人間に知られたばかりに囚われる羽目になったのよ。ゆえに、こやつはその名で呼ばれることを望んでおらぬ」

己の名を忌避するせいで力が不安定な可能性もあるという。

湊は即座に返す言葉が見つからなかった。

いままで誰も神霊の名について触れなかった。いつか神霊自身から教えてもらえるかもとのんきに思っていたが、なかなかヘビーな言えぬ理由があったらしい。

「――や、山神さんに名付けてもらえるなら、強くなれそう……いや、なんか違うな。え、縁起がよさそうだよね！」

湊が力んで言うと、背後にいるウツギが慈愛のこもった表情になった。

湊、すごく頑張って明るい空気に変えようとしているなと。

それをもちろん理解している山神が深々と頷き、穏やかな声で告げる。

「そうであろう、そうであろう。名誉に思うがよい。我の眷属としての名をくれてやろうぞ。その名を己がものと強く自覚すれば、いまは不安定でしょうがないぬしの力もすぐさま安定しよう」

「すごい！　よかったね!?」

湊が勢いよくエゾモモンガを見やると、両眼を潤ませていた。

「――うん」

ゆっくり頷くその大きな眼から、ぽろりと涙がこぼれ落ちた。


かくして、命名式と相成った。

場を改めて整えるまでもない。楠木邸は管理人によって常に清められているうえ、唱え言葉なども必要もない。神がほぼ常駐しているからだ。

短冊がなびく風鈴がいる、縁側に場所を移した。

座布団に鎮座する大狼に向き合うエゾモモンガ、その後方に人間とテンが姿勢を正し座している。

「――ぬぅ……。山絡みの名にすべきか……否、花絡みとすべきか……否、草にまつわる名は……」

半眼になった山神は、かれこれ一時間近く悩みに悩んでいた。

「時間がかかるのは、当たり前だよね」

湊が小声でウツギに言うと、だよねと同意された。

「神霊の大事な名前だもんね～。我らの時も三日かかったんだよ」

「そんなに……」

知らなかった。だが適当につけてよいわけもなく、道理であろう。

神霊が固唾を呑んで待っているため、できれば今日中には決めてもらいたいところである。

湊がこっそり膝を崩そうとしていると、

「邪魔するぞ、湊」

塀を華麗に飛び越えたトリカが縁側まで駆けてきた。

「いらっしゃい、トリカ」

「まだ名は決まっていないようだな」

「うん、もう少しかかりそうだよ」

トリカが湊の横に座る間も、山神の低い唸り声は途切れない。

「我の眷属であれど、いちおう神でもある。セリらと似た名にするのは……ぬぅ、いかがしたものか……。海絡みにするか……否、なんのつながりもないではないか」

時折自らにツッコミを入れている最中、セリも塀の上に現れた。

「湊、お邪魔しますね」

「どうぞ～」

セリは音もなく敷地内に降り立ち、軽やかに縁側へやってくる。

「どうやら間に合ったようですね」

「うん、まだお悩み中だよ。あと少し……かなぁ？」

湊とテン三匹が微苦笑を浮かべるも、神霊は微動だにしない。食い入るように大狼を見続けたままで、待ちわびている。

「――やはり、鍛冶絡みの名にすべきであろうか……」

悩ましい山神の声が響くや、鍛冶の神たる神霊が身を強張らせた。

大狼がついっと顎を上げ、胸を張る。

エゾモモンガと、後方に並ぶ湊とテン三匹の背筋も伸びた。

――ちりん。

ゆらりと山神の身から神気が立ち昇り、背後のリビングの景色が歪む。その口が開かれるや、その場にいるモノすべての鼓膜に重低音が染み入った。

「よいか、心して聴くがよい。――ぬしに与える名は、カエン。火を扱うのをいちおう得意とするぬしには、これ以上の名はあるまいよ」

山神の神気の先端が内側を向き、エゾモモンガの額へと収束。そこに描かれていた紋様に光が灯る。一瞬、ひときわ輝いたのち、消えた。ふるりとその身が激しく震えた。

一度、瞼を閉ざしたエゾモモンガ――カエンはふたたび眼を開く。いままでとは異なる、静けさをたたえた眼差しであった。

「ありがたき幸せにございまするっ」

深く、深くこうべを垂れた。

その真後ろで湊が感嘆の声をあげる。

「おお」

意外にまともな名だとは言えず、

「ぴったりだと思うよ」

と無難に感想を言えば、山神が得意げにふんぞり返った。

「そうであろう。毒きのこのカエンタケから取ったぞ」

「え？」

あまりに予想外で、湊は目が点になった。

カエンタケ。枯木あたりの地上に生える、燃え上がる炎の形と色をした猛毒きのこである。触れただけで皮膚が炎症を起こすゆえ、注意されたし。

その昔、地元の大人に怖い顔で忠告されたことを湊は思い出した。

それはともかく、単に炎から連想して名付けたわけではない——こともないだろう。形も似ているうえ、他にもある。

「あー、そうか。セリたちも毒草の名前由来だからか」

「そうですよ」

「だな。そろいとも言えるな」

「かわいらしい見た目に騙されるなよってね！」

ドクゼリ、トリカブト、ドクウツギの毒草三兄弟が快活に笑った。


では、神霊改めカエンは力を自在に扱えるようになったのか。

検証すべく、カエンは立ち上がった。

縁側に腰掛けるギャラリーの視線を一身に受け、眼を閉じたエゾモモンガは地面に佇んでいる。

ゆるやかな風がその毛羽立つ被毛をなでていく。同じく風に巻かれたクスノキから、一枚の葉が飛んだ。

それが小径に滑り落ちた瞬間——。

カッとエゾモモンガの眼がかっぴらかれた。

音もなくその身の中心から一筋の赤い炎が吹き出し、くるりと自身を取り巻いた。

浮き輪めいた火のリングは細く、完全なる円だ。その輪が神霊の足元へ下がり、次に頭へ上がりきったと思ったら、二つに分かれた。

そして次から次に分裂して下へと連なっていき、その身を覆い隠していった。円筒となったそれぞれの火は、ちろちろと燃え続けている。それからさらに、色も変わりゆく。赤から、黄、白、そして青へ。

目にも鮮やかな炎の演舞であった。

何はともあれ燃やせ！　と言わんばかりにただ自らを炎で包み、カッカと燃やすだけであったいままでとは、明らかに違う。

前のめりで見学していた湊が口を開いた。

「自在に火を扱えるようになったみたいだね」

「――うむ。ひとまず安定しておるようぞ。もう暴発することはなかろう」

つぶさに観察していた山神は顎を引き、太鼓判を押した。

「おめでとー！」

笑顔の湊とテン三匹がそろって祝い、神霊のもとへ駆け寄る。同時、反り返ったクスノキが樹冠を前へ倒し、葉を放った。

「わぁ……！」

歓声をあげるギャラリーの視界を埋め尽くす青葉が、祝福するようにカエンに降り注いだ。しかしその炎に触れようと、一枚たりとも燃えることはなかった。今後、お気に入りのクスノキの枝や葉を燃やすようなヘマをすることはないだろう。

第4章　酔っぱらい山神、大・暴・走

じゃあ、命名のお祝いをしよう！

という湊の発案により、宴（うたげ）を開くことになった。

日が落ちるにはまだ早い時間帯、緑あふれる庭の中央で、クスノキが細い枝々をしならせて遊んでいる。盛大に葉をプレゼントしたため、いまは丸裸である。

本来、冬でもすべての葉を落とさない樹種にもかかわらずとんでもない姿だ。真夏ゆえ涼しげでよいといえるかもしれないけれども。

その格好を愉快げに笑うように、滝と筧（かけい）から流れ落ちる水音が鳴る。

その音のハーモニーは、縁側に集合した面々のにぎやかさにかき消されている。

ずらりと並んでいるのは、湊、山神一家、そして折よく帰宅した四霊である。

山神を境にして、のんべえ組と呑まない組に綺麗（きれい）に別れている。

のんべえ側は言うまでもなく、四霊だ。すでに出来上がった状態だったが、祝いの席ならばと迎え酒を楽しんでいる。普段さほど呑まない山神も珍しく盃（さかずき）を傾けて、いや、ペロペロ舐（な）めてこちらに参加中である。

　一方、酒を呑まない面々は座卓についていた。

　主役のカエンもこちらに。

　圧倒的に背丈が足りないため、湊の横に積み上げた座布団の中央にちょこんと座している。もともと人型のせいか、座卓に座るのをいやがるゆえ、このカタチに落ちついた。

　その対面にテン三匹が行儀よく並び、カエンともどもみかんをむさぼり食っている。彼らの周囲に舞う幻影の花が、この上なくうまいのだということを物語っている。

　しかしながら、湊がそれを見ることはない。その手が持つお茶に全神経を向けていた。

　なぜならみかんは、神の実だからだ。

　そのうえ眷属たちが食べているモノに加え、座卓に置かれた竹籠にも山盛りの神の実がある。

　なぜこうもたくさんあるのかというと、先日赴いた伊吹山(いぶきやま)で、ウツギが猪神(ししがみ)にたんまりもらったゆえであった。

『取っておいてよかった！　こういう時に大盤振る舞いしなきゃね！』

　とウツギが気前のよいところをみせたおかげで、縁側一帯にみずみずしい香りが漂っている。

　そのため湊は、己との戦いに忙しい。

　自(おの)ずとあふれてくる唾液を飲み下し、気を抜けば神の実へと伸びそうになる手を物理的、精神的にもおさえつけている。

「き、きついっ」

だが、負けてはならぬ。不老不死になぞなりたくないからだ。

その手が湯呑み（ゆの）を強く握った。濃いめに淹れ（い）たこの緑茶が頼りだ。舌がしびれるこの苦さでもって、己が精神を奮い立たせるしかない。

「――き、気をしっかり持つんだ。あれは食べ物じゃない、違う違う――」

ブツブツとつぶやく湊に、みかんを三つ食べ終えたカエンがようやく気づいた。

新しいみかんの皮をむき、一房を湊に差し出す。

「このみかんは、うまいぞ。汝（なんじ）も食うてみよ」

「謹んでお断り申し上げます」

真顔で拒絶され、カエンは眼をしばたたいた。

新たなみかんの皮をむこうとしていたセリが忠告する。

「カエン、湊に無理にすすめてはいけませんよ。神の実は、人間の肉体を不老不死に変える効果があるのですから」

「そうだったのか。麿（まろ）は知らなんだ……」

カエンは驚きをあらわにしたのち、湊をじっと見つめた。

「汝はそれを望まないのだな」

ひどく凪い（な）だ声であった。その眼光も異様に鋭く、湊はかすかに気圧（けお）された。

力が安定した今、改めてこのエゾモモンガは神なのだと思い知らされた。神に対して口先だけの言葉は無意味だ。正直な気持ちを述べた。

「――うん。もしなってしまえば、不幸になりそうな気がするから」

実のところ、湊自身、なぜここまで頑なに拒むのか理解できていない。ただ不老不死と聞いて、羨ましい、なりたいと思うことは欠片もなく、嫌悪の感情がわくのを抑えられないのだ。

ゆえにいつも、その魔性ともいうべき誘惑に全力で抗っている。


ややおかしくなったその場の空気を払うように、突如ウツギが明るい声をあげた。

「我、今度はりんごをたーべよっと！」

シャクッと青りんごを音高くかじった。途端、甘酸っぱい芳香が拡散し、みかんの匂いと混じり合う。

さすれば湊の眉間から皺が消え、張り詰めていた気も和らいだ。

それをテン三匹、エゾモモンガがしかと見ていた。

シャリシャリと口内のりんごを噛み砕いたあと、ウツギが口を開く。

「湊、やっぱり匂いが混じると欲が落ちつくみたいだね」

「そうみたいだ」

苦笑し、大きく息をついた。あえて別の果実を食べてくれたウツギに感謝を込めた視線を送ると、にんまりと笑われた。

「――お腹が空いてるのもよくないかも。俺も食べようかな」

むろん座卓には、果物以外の品々も所狭しと並んでいる。

ハンバーグ、エビフライ、ナポリタン、ポテトサラダ、などなど。

お子様ランチめいた料理をこしらえた。

ここのところ、カエンもご飯に興味を示すようになってきている。というより、湊が食す物を求めるようになった。

現にいまも、湊がハンバーグを咀嚼（そしゃく）していると、隣から熱い視線を送ってくる。

「麿もそれを食してみたいのじゃ」

やはり催促してきた。

カエンはとにかく真似したがりである。

幼少期、兄に対して同様の振る舞いをしていた記憶が想起され、妙にむずがゆい気持ちになる。

その感情をごまかすように、小さく割ったハンバーグをおちょぼ口へと持っていく。

「はい、どうぞ」

カエンは手づかみにも抵抗を示すようになってきたものの、ミニ箸はないゆえこの方法を取っている。

懸命に顎を動かすエゾモモンガの尻尾が、ぴるぴると震える。その喜ぶ様を他の面子（メンツ）が微笑ましそうに眺めていると、唐突に硬質な物がぶつかる音が響き、弾けるような笑い声が起こった。

何事かと一斉に見やれば、応龍の仕業であった。

床に伏したその体の上と周りに、いくつもの木箱が散らばっている。もとは酒が入っていた物だ。

「さっきまで応龍がカラの木箱を積み上げて遊んでいたんだが、自分の羽が当たって崩れてしまったんだ」

淡々と事実のみを口にしたトリカは、フォークに刺さるエビフライをタルタルソースに浸した。

かの龍はといえば、床を転げ回って笑っている。

「あんな風になった龍さん、はじめて見た」

やや酒癖は悪くとも、他者に迷惑をかけたことはないのだけれども。出先で何かあったのだろうか。そのうえ常ならば、真っ先に文句を言う麒麟もやけに大人しい。無言で木箱を前足で寄せている。不気味だ。

とはいえ、さしたる害もない。

「ま、いっか。ご飯食べようよ」

うん、とよい子の返事をする眷属たちと食事を続けた。


しばし和やかに歓談していると、今度は大狼の唸り声が聞こえてきた。

山神と応龍が睨(にら)み合(あ)っており、湊は目をむいた。

「うわ、珍しい」

両者は仲が良いとも悪いともいえず、適切な距離を保っているといえる。

応龍は口調と態度からしてなかなか気位が高そうだが、ここではとりわけわがままを言うこともなく、一住民としての節度を忘れないからだ。――いつもは。

グルルと伏せた体勢の山神が喉を鳴らした。

「――ならば、なにか。ぬしは、我が庭を味気ないと申すか」

『然り。先日赴いた竜宮の庭と比べると、いささか見劣りするな』

顎を上げた応龍が不遜に言い放ち、二者間に火花が散った。

すわ戦闘か。

となるも、即刻霊亀が割って入った。

『否、断じてそんなことはないぞい。甲乙つけがたいといえる。それに、比べるものではない。――龍や、ちと呑みすぎぞい』

たしなめられた応龍であるが、それでも山神と侃々諤々とやり合う。

「竜宮の方が絢爛豪華で眼の保養になるというもの」

「ぬしはわかっておらぬ、ちっともわかっておらぬ。庭に派手さ、華美さを求めるなぞ愚の骨頂ぞ」

「なぜだ。煌びやかな方が心躍るではないか――」

「否、庭に求めるのは、安らぎであって――」

双方、引かない。

ともあれ、揉めている原因は庭のことなのだと、耳をすませていた湊も知った。

毎日聴覚を意識しているおかげで、ほぼ完全に聴こえている。

さほど苦もなく四霊の声が聴こえるようになり、なんとまぁにぎやかなと思わないでもなかったが、彼らはここで素を晒してくつろいでいるのだと思えば、単純に喜ばしかった。

実家が温泉宿であり、そこの従業員でもあったため、己が陣地ともいえる場所で他者が心からリラックスしてくれると、うれしさを覚える。環境によって培われた性分であった。


ともあれ、山神と応龍の応酬は口喧嘩にすぎない。

放っておいてもいいだろう、と湊は眷属たちに向き直った。

「たまには本音を言い合うのもいいよね」

「まあ、そうですね」

セリを皮切りに、他の面子にも同意され、湊は虚空を見つめながらつぶやく。

「竜宮城かぁ。いったいどんな所なんだろう」

「いきたいですか？」

セリに軽い口調で訊かれ、迷うことなく答えた。

「いきたいとは思わないよ。伝承通りならそのあとが怖いからね。――ただ気にはなる。画面越しなら見てみたいかもしれない。ちょっとのぞきっぽいけど」

「秘されるとのぞきたくなるのは、人間のサガなのじゃ」

カエンはやけに重々しく告げた。

「確かにそれは否定できないかもね」

〝見るなのタブー〟と称される、世界各地の神話や民話での例もあることだ。

「人はたいがい見たらダメだと言われたら、余計に見たくなるみたいだしね」

湊は他人事のように言った。実際見るなと釘を刺されたら、決して見ないからだ。

「まぁ、竜宮門とか竜宮城とかは、一度も見るなとは言われてないけど」

誰もまったく触れようとしないというのが正解である。

軽く笑った湊は、川を見やった。

おだやかなその流れの下に、存在感がありすぎる竜宮門が鎮座しているのを今朝も見た。

しかしその門の出入り口は極めて小さい。

到底湊では通り抜けられない……はずである。

そこから己より体格のいいスサノオが難なく出入りしているが、深く考えないことにしている。


湊が視線を戻した時、おもむろに大狼が身を起こした。

その頭は激しくぐらつき、眼も据わっている。

「珍しいね、山神さん。だいぶ酔ってるよね？」

山神は普段ほとんど酒を呑まない。たとえ呑んだとしても嗜む程度で、ほろ酔いになったところさえ見たことはなかった。

驚きに目を見開く湊の後方で、テン三匹が落ちつきをなくした。

「湊、まずいかもしれません……！」

セリはやけに焦っている。

「なにが？」

不思議そうに湊が問うた時、ゆらりと山神は前足を踏み出した。

「――許せぬ、断じて許せぬ……。我の庭がよそに劣るなど……あってはならぬ……」

ぶつぶつとつぶやくその声は、いやに縁側に響く。

瞬時に陽気な酒宴の空気は吹き飛んだ。

山神が縁側を行ったり来たりしはじめた。その巨軀が放つ神気のあまりの濃密さに、誰も声を出せない。

千鳥足ながらも器用に酒瓶や盃を避け、湊をはじめとする全員がさっと身をかわしてよける。その前を山神が悠々と闊歩し、縁側の端から端まで余すことなく歩き回ったあげく、中央で止まった。

ゆっくり、じっくりと庭を見渡す。

夕焼けの赤に染まる景観は、春に池から川へと変更して以来、手水鉢が増えたくらいで、さして変化していない。

それは大掛かりな改装を湊が望まないからだ。山神がふたたび弱ってしまうのを避けたいからだ。

その意を汲んで山神も大人しくしていた。

――いままでは。

人間にしろ、神にしろ、酔っぱらってしまえば、理性を保つのはひどく難しいものである。

「正直、我もこの景色に飽いておったわ……ヒック」

しゃっくりを一つかますや、山神の毛が逆立った。

キンッと空間の裂けるような音が庭中に響き渡る。大狼を中心に、さざなみのごとく神気の波が広がり、湊、眷属たち、四霊が仰け反った。

かつて感じたことがない圧力を受け、湊の背中を冷や汗が伝う。

いまのいままでこれほどの力を隠していたというのか。それとも、山の整備をしたことによる効果の表れなのか。

——後者であればいい。

思う湊は縁側に伏せたくなる身に抗いつつ、山神を一心に見つめ続ける。


そうして圧倒的な力を誇示した大狼は、庭の端を見た。

「もう滝はよかろう」

その言葉が終わらないうちに、壁から直接噴出していた水が途絶える。ズズッと音を立て、滝の両脇にあった岩も壁に埋まった。筧の水も止まり、まったく水の音がしなくなった。

誰も身動きしないから余計に静けさが際立った。

山神が立てる音と、重低音のその声だけが木霊する。

「——うむ。やはり、川より池ぞ。だが、元のひょうたんの形に戻すのも芸がなかろう。——大きく広げてくれようぞ」

川を囲う岩もろとも縦に引き伸ばされたように広がっていく。

が、庭の中央にはクスノキが生えている。

岩と水が迫るも、クスノキはただ枝先を動かすだけで、その場に立ったままだ。木ゆえ当然である。動物のように逃げ出せるはずもない。

それを目の当たりにし、湊は気を揉んだ。山神にひと言物申すべきか。

悩んだその一瞬の隙をついて、岩がクスノキの一帯を丸く囲う。水の範囲だけがどんどん広がり、やがて湖のごとき大きな池になった。波打つ水は縁側の間近にまできている。

楚々（そそ）と生えていた低木も壁沿いへ、小径をなしていた石も池沿いへ移動を終えた。

「――ぬぅ、こんなものか」

頭をふらつかせる山神が一歩踏み出し、思わず湊は単音を発した。

「あっ」

すってんころりん。酔っぱらいが縁側から転がり落ちる悲劇を想像したからだ。

しかし、そうはならなかった。

山神の体勢は変わっておらず、その前足にみなの視線が集中する。

板だ。いままでなかった一枚の板が、そこにある。

縁側の床板の材質や色も寸分違わず、むろん山神が歩むのに支障のない横幅があった。

山神はさらに一歩進む。その前足が下りる寸前、滲（にじ）むように新たな板が現れ、足場となった。

力強く二枚の板を踏みしめ、そのゆるぎなさを確かめると、豊かな尾を振った。

そして行進スタート。ルンルンと形容したくなる足取りに合わせ、次々と出現する板が道をつくった。

その摩訶不思議な光景を、ギャラリーはただ眺めているだけであった。とはいえ、四霊は常態に戻っている。

『そろそろ派手に庭をいじるだろうと思うておったが、まさかこうくるとはの。予想外ぞい』

半眼を弓なりにした霊亀は、盃に顔を突っ込んだ。

『山神殿はかなり我慢しておられましたからね。まぁ、力も安定しているようですし、さしたる問題はないでしょう』

訳知り顔の麒麟がビールに舌を浸した。

『さて、いかように変わるのやら』

お手並み拝見と言わんばかりに応龍が宣う。その手で静かに回すワイングラスの内側で、葡萄色の液体が波打った。

無言の鳳凰はといえば、芋焼酎の入った陶器グラスの周囲を忙しなくうろついている。その眼は爛々と輝き、いまにも羽ばたいていきそうな勢いで翼を動かす。

『鳳凰の。気になってしょうがないかもしれんが、いまは絶対に庭に出てはならんぞい』

やや厳しく霊亀に忠告され、うむとつぶやいた鳳凰は翼を閉じた。が、まだステップを踏んでいる。

『霊亀殿のおっしゃる通りですよ、鳳凰殿。その身をどこかへ飛ばされたくなければ、大人しくしておくべきです』

麒麟が言うやいなや、ピタッと鳳凰は動かなくなった。

それはいいが、湊は不穏な内容が気になった。

「――麒麟さん、いまのどういう意味？」

『おや、聴こえておりましたか』

からかう言い方をするその声は、いたく渋い。激シブである。山神に匹敵するおっさん――壮年男性の声だ。

麒麟は甲高い、女性めいた声をしているのではないかと湊は想像していたのだが、まったく違った。

なお霊亀は、その動きと佇まいに似合いの、ゆったりとした翁の声。応龍も鳳凰と同じく若い、少しばかり神経質そうな青年の声である。

それはさておき、おしゃべり好きな麒麟の声に耳を傾けよう。

『わたくしめが今し方言ったことを説明する前に、一つお伝えしておかなければいけませんね。湊殿もお気づきでしょうが、楠木邸の敷地は特殊なんです』

「そうみたいだね。播磨さん以外の人に、このお庭は見えないみたいだしね」

ごくたまに訪れるこの家の相続人から派遣される者の視界に、この庭は映らない。

湊には見えるばかりか、触れることもできるというのに。

なぜだと思いつつも、そのことについて山神に問うたことはない。

真実を知るのはあとでいい。

そう先延ばしにしていたのだが、危険だというのならば悠長に構えている場合ではなかろう。

麒麟はカラになったビールジョッキを脇へよけ、居住まいを正した。

『そうです。ここは山神殿が認めた人間しか見ることができず、触れることもできないようになっている。それはここが、別の界と混じり合っているからなんです』

「別の界って？」

『神域が無数に存在する界、いわば神界ですね』

「ああ、そうだったんだ」

湊は膝を打った。いままでさんざんよその神の神域に紛れ込み、いつもここはどこにあるのだろうと漠然と思っていた疑問が解消されたからだ。

『はい。ここは常時、山神殿が現世と神界の均衡を絶妙に保っておられるのです。しかしいまは改装中。神界寄りになっていますので、力を行使中の山神殿に近づこうものなら、神界のいずこかへ飛ばされる可能性が高い。山神殿はいま相当酔っておられるので、より危ないのです』

眼を眇めた麒麟は、顎を引いた。

『君子危うきに近寄らずと申しましょう。あれは実に的を射た言葉です。人間が言い出したというのが癪(しゃく)ですけど――』

話題が逸れかけたところで、霊亀が麒麟を一瞥する。いくら湊が彼らの声を聴けるようになったとはいえ、それにはかなりの集中力を要する。無駄に話を引き伸ばされれば湊もいささか困るからだ。

霊亀の視線に気づいた麒麟は、咳払い(せきばら)をしたあと早口で話を締めた。

『――とりあえず、改装が終わるまで庭には近づかないことです』

「そうします」

頷きつつ、湊は素直に返事した。

もとより精神的に落ちついているし、いままでも高揚感に突き動かされ、庭へ飛び出した経験もないので問題はない。


そんな会話が縁側で交わされている間に、山神はとっくにクスノキのそばまで達していた。

巨大な池の中心へまっすぐ延びる廊下の先端で、大狼がクスノキを見つめている。

一枚の葉すらついていない細木は、誰の目にもいたく頼りなく映った。

「クスノキよ」

低く、重い山神の声で呼ばれるや、クスノキはバラバラに振動させていた枝を止めた。

「ここに屋根付きの部屋を建てようと思うておるのだが――」

グッとクスノキが胸を反らすように幹を曲げた。

――ここから動くつもりはない。

そう強気で主張しているのだと、湊にもはっきりわかった。

クスノキは己がこの庭のシンボルツリーであるという山より高いプライドを持ち、そのうえ庭の中心は己の陣地だとも思っている。

山神は顎を上げて、見下ろす。

「この場をどく気がないのならば、屋根に遮られ、ろくに日光を浴びられぬようになるぞ」

そっけなく言われ、クスノキは枝の先端だけを弾くように動かした。とことん反発している。誰に似たのだろうかと、湊は遠い目になった。

「ならば、ぬしが屋根となるか」

山神にそう問われたところで、いまの丸裸の身ではどうしようもない。

クスノキは先日、イチョウを助けるべく生命力を削ったため、少し休息を取ったあと葉を茂らせようと思っていたのだ。

よしんば無理していますぐ葉を生やしたとしても、今の樹高では、屋根の役目など果たせるはずもない。

「さて、いかにする。我が止まる前に決断するがよい」

無情ともいえる態度の山神は、クスノキからやや離れた周りを歩き出した。緩慢な動きに先んじて板が相次いで現れていく中、微動だにしないクスノキは葛藤を続けた。

かくして大狼が半周回った頃、クスノキが大きく震えた。山神がその場に鎮座し、改装は中断された。クスノキの頭頂部の枝が無音で伸びて、手招くように動いた。

応龍へ向かって。

タンッと、三本指の手がワイングラスを床に置いた。

『いいだろう、朕に任せておけ』

大きな羽音を立て、龍の身が縁側から羽ばたく。巻き起こった風でワイングラスがグラつき、麒麟が蹄で押さえた。

『応龍殿のあのきばりよう……。わたくしめ、不安でしょうがないんですけど』

「同じく」

湊と眷属たちがそろって同意した。

そんな彼らを、塩の入った小鉢から顔を上げた霊亀が順に見やる。

『なに、龍もああ見えて気遣う心は持っておるぞい。クスノキの意を汲んで、そう大きく育てはせんぞい』


ふらふらと蛇行しながら飛ぶ応龍は、クスノキの真上へと至った。

ヒック。しゃっくりをしてから、眼下を睥睨する。

『では、朕が其の方の望みを叶えてしんぜようッ』

いざ！　と身構えたその身が、強く吹いた風に流されていく。くるくると回転して庭の端まで達し、応龍は小首をかしげた。

『――眼の前に見えるは、塀とな？　なぜに？　なぜ朕はここに……？』

縁側で霊亀が両眼をかっぴらく中、ようやく振り返ってクスノキを見た。羽をはためかせて元の位置に戻っていく。

そんな応龍を注視するギャラリーの一人、湊は顔を曇らせていた。前回の時のことが頭をよぎったからだ。

あの時は、応龍が空に浮かぶ雲を呼び寄せ、そこから雨を降らせてクスノキを急生長させたのだ。

今回も同じようにするつもりなのだろうか。

しかしながら、やがて残照も消えようとしている空に、雲は一つもない。

それを確認した湊は、不安が増した。


一方、応龍は、仕切り直しとばかりに声を張った。

『では朕が、其の方の望みを叶えてやろう！』

その身から光が照射され、湊のみが目元を覆う。指の隙間から目を凝らすと、龍の身がＬＥＤ並みの発光体と化していた。

「すごい眩しい……！」

前回の時と比べ物にならない。図に乗った山神に勝るとも劣るまい。

『応龍殿、青龍殿の力を遣いすぎじゃないですか』

『――うむ。いささか調子に乗っておるぞい』

『そなたらなにを申すか。遣えるものはとことん遣えばいいのだ』

不機嫌な麒麟、苦りきった霊亀、弾んだ鳳凰の声が、身を乗り出す湊の耳に届いた。

その視線の先、光をまといし応龍が頭を振り上げる。光が天へと走り、太い光の柱となった。

ゆっくり回転がはじまり、一気に加速。

高速回転するその先端に、雲の渦が発生。

みるみる同心円状に広がり、楠木邸はおろか方丈町をも覆い尽くし、一挙に暗い夜となった。

「これはひどい。いくらなんでも、やりすぎだよ……！」

顔色をなくした湊の口から本音がこぼれた。

光の柱の中で、応龍がしゃっくり上げる。

『――そうか、では少しばかり控えよう』

存外聞き分けのよい酔っぱらいであった。

雲の先端からちりぢりに消えていき、あっという間に範囲が狭まり、楠木邸の敷地と同サイズになった。

『これでいいか？』

応龍に問われ、ここぞとばかりに湊は主張する。

「いいえ、もう少し！　ぜひ前の時みたいな小さい雲が見たいです！」

『うむ、ではあと少しだけ小さくするか……』

不満げでもシュルシュルと雲を縮めていき、いまのクスノキを覆うのに支障のない大きさにしてくれた。

その綿雲が音もなく急降下してくる。枝をそわつかせ、いまかいまかと待ちわびるクスノキのそばで、大狼は舟を漕いでいるけれども。

かくして綿雲は、クスノキの真上で停止した。

パチパチと稲光が生じ、

『ゆけ』

と応龍が指示するや、雨が降りはじめた。次第に綿雲がうねり出し、カタチを変え、雨脚を強めたり弱めたり。

細い枝々と幹がしとどに濡れて――ニョキ。

伸びた主枝が先駆けて空へと向かう。それを追うように一本、また一本と続き、枝分かれしていく様はさながら扇が開くようだ。次から次に葉も茂り、幹も太さを増していく。

その速度はゆるやかだ。とはいえ通常の木の生長とは比べ物にならないのは言うまでもない。

徐々に樹高が高くなり、あっさりと己を超えていく様を、湊は瞬きすら惜しんで見つめた。


ほどなくしてクスノキの生長は止まった。

傘めいた樹形となっている。その先端の高さは楠木邸の屋根と同等であり、下方の位置は縁側の軒と同じである。

「まさに屋根って感じになったね」

湊が笑みを浮かべると、うたた寝中であった山神の鼻提灯(ちょうちん)が弾けた。

「ぬ、終わったか。――うむ、よき塩梅(あんばい)ぞ」

見上げて満足気につぶやき、腰を上げた。前足と後ろ足を交互に伸ばして、ストレッチ。大あくびをする間に、ふらふらと縁側に戻ってきた応龍を湊が迎える。

「ありがとう、龍さん」

『なんのこれしき。大したことではない』

謙遜するその表情は、ひと仕事をやり終えた余韻に浸っていた。


ふたたび庭にひとりとなった大狼が動き出した。

よいよいと盆踊りめいた足運びで、クスノキの周りを回る。

虚空から次々に出現する板がピタピタとパズルのように嵌(はま)り、隙間が埋っていく。

こうして池の中央――クスノキの下に舞台めいた板ばりが完成した。

その形は、六角形。クスノキの樹冠の幅と同じサイズである。

「うむ、こんなものであろう」

ふすっと鼻息を吹き出した大狼がかえりみる。

縁側の一同は、軽く口を開けていた。

「そちらは狭かろう。こちらへくるがよい」

いいざま、顎をしゃくった。

「うわ！」

湊が驚嘆の声をあげたと同時、みなと一斉に飛ぶ。座卓や料理皿など、もろともほぼ直線に進み、クスノキの周りに次々と着地。

四霊は動じず、盃やビールジョッキを持ったまま。

箸を持つテン三匹は諦めの境地といった表情だが、みかんを抱えるエゾモモンガの眼は輝いている。楽しかったらしい。

そして湊はといえば、クスノキの幹に手を添え、横座りになっていた。

「ひと言、言ってから飛ばしてほしかった……」

なにせ、とんでもない速度でクスノキに迫ったのだ。ぶつかるかと肝が冷えた。

「まったく……」

不満をあらわにしつつ見れば、縁側にあった物がすべて何事もなかったように新たな間に移動しており、最初からここで宴会をしていたかのようだ。

ため息をついてから、我が子の成長ぶりを確かめた。

立ち上がって幹に腕を回すと、かろうじて指先がついた。

「大きくなったなぁ。でも前回に比べたら細いよね」

目立ちたくないからと、葉擦れの音で告げられた。

湊は田んぼ側を見た。塀では到底隠しきれまいが、あえて口にしなかった。クスノキへの心遣いである。

腕を解いた湊の足元で、テン三匹も幹をなでている。セリが弾んだ声で言う。

「細くとも前回よりはるかに頑丈ですよ」

「だな。なおかつ柔軟性にも富んでいる。自然界のなにものであろうと、この木肌を傷つけることはできんだろう」

「だね！　たまに寝床にさせてね〜」

トリカに次いで言ったウツギの横で、カエンもクスノキを見上げた。

「寝床か……。寝心地がよさそうじゃ」

「すごくいいよ！」

テンたちが声を合わせた。


そんなやり取りをする後方で、四霊は酒を呑み出しており、そこに参加していた大狼が盃から面を上げた。

「ぬ、忘れておったわ」

不穏なお言葉に、その場が凍りつく。

「や、山神さん、まだ改装は済んでいないってこと⁉」

代表して訊いた湊とともども、みな身構える。

そんな全員を山神が順繰りに見回した。

「なぁに、案ずるな。大したことではない。すぐに終わらせてくれるわ」

その眼つきは実に怪しい。まだ酒に呑まれているのを如実に示している。そのうえ、みなの心配の理由を理解していない。

「いや、そうではなく――」

湊が焦って止めようとするも、時すでに遅し。

「我がよりすぐりの逸品よ、くるがよい！」

大音声が響き渡り、大狼はまたも顎をしゃくった。己が方丈山に向かって。

一同が高速で首をめぐらす。

無明(むみょう)の闇から飛んできたのは、大岩であった。湊が目を見張る。

「あの形、見覚えがある。この間、山神さんが熱い眼で見ていた山みたいな岩だ……！」

「左様、この石なくして、こたびの庭は完成せぬわ！」

ドボンッ！　と池に大岩が落ちた。

高くせり上がった水が大波と化し、ザパンと押し寄せて板張りの床を洗い流した。

みなの悲鳴すら呑み込んだその大波が去ったあとには、クスノキとその傍らに鎮座した大狼だけが残っていた。

あとはすべて池の中。器をしかと持つ四霊がプカプカと浮かんでいて、テンたちも元気に泳いでいる。

池の水深は、一メートルほどしかない。とっさにエゾモモンガのみを抱き込んだ湊は池に屈んでいた。

湊が手の中を見れば、エゾモモンガはキョトンとしている。

「カエンが泳げるのかわからなかったからね」

「うむ、かたじけない」

立ち上がった湊は、この惨事を引き起こした元凶を見やる。

水浸しの床板でひっくり返り、高いびきをかいていた。

○

その日の深夜。寝室で眠っていた湊はふと目を覚まし、庭に面したカーテンの縁が光っているのを見た。

庭に人工の照明はない。しかし人ならざる住民たちが発する光のおかげでいつでもほの明るい。

その光がいつもより明るく、なおかつ明滅していた。

窓際に寄った湊は、そっとカーテンを開いて息を呑む。

クスノキの下にいる霊亀を、無数の鬼火が取り巻いていた。

飛び交う青い光はぶつかることもなく、霊亀に近づいたり、離れたり。さながらまとわりつくようで、好意的な動きのように見えた。

霊亀は微動だせず、ただ見上げている。

遠目ではその表情はうかがいしれないが、ひどく静謐で、悲しみを感じた。

ざっと強めに風が吹き、池の水面がさざめく。

霊亀が口を開けた。数多のしゃぼん玉めいたモノが吹き出し、空へと流れる。

それを青い鬼火たちが追いかけていく。

――ちりーん……。

哀愁を帯びる風鈴の音に、カーテンを握る湊の手に力がこもった。

星の瞬く空の彼方へと小さくなっていく光たちを、霊亀はいつまでも、いつまでも見上げていた。

第5章 怒りなれていないもので

ちゅんちゅん、ヂュンヂュン。

常ならば、そんなにぎやかなスズメの合唱が木霊する早朝にもかかわらず、楠木邸は無音であった。

いつでも春の陽気に包まれていたそこは現在、いやに寒々しい空気が流れている。

あくまで比喩だが、その極寒の冷気を噴出しているのは、クスノキのそばに座した管理人である。

無表情で正面を見据えている。その槍(やり)のごとき鋭い視線を受けるのは、鎮座した山神であった。

そんな彼らの周り――板張りの床の外周には、昨日までなかった柵が張られている。

寄り掛かってよし、腰掛けてもよしといったそれは、寝起きの山神がつくった転倒防止柵である。

それはさておき、静かなる怒りをたたえる管理人は、抑えた声で切り出した。

「山神さん、昨日のこと覚えてる？」

「――それなりに」

実は大半を忘れており、セリの記憶を確認して己のやらかしを知ったのであった。なおその元凶の大岩は池に浸(つ)かったままで中島となっている。

それはともかく、そこになおれと言わずとも、折り目正しく座った山神であったが、もぞもぞと尻を動かしており、その下にお気入りの座布団はない。

「酔った山神さんがやらかしたせいで、座布団も水浸しになったんだよ」

「――すまぬ」

しばしの間。険しい顔の湊は乱雑に後ろ頭を掻く。

「――まぁ、そろそろ打ち直しに出そうと思っていたし、カエンの座布団も買わなきゃいけなかったから、ちょうどよかったといえないことも……。いや、よくない！」

軟化しかけた態度を元に戻そうと努めた。

湊は普段、滅多に怒らない。ゆえに怒り方がいまいちわからないのである。

そのうえ耳を下げた大狼に、反省しきりといった態度を取られてしまえば、怒りを持続させるのはなおのこと難しかった。

さらには昨日、この板の間、廊下、縁側の水拭きを手伝ってくれた眷属たちにしきりに謝られたというのもある。

湊は頭を前へ垂らし、長々とため息を吐き出した。

「――どうか、これからは気をつけてください」

「うむ、心にとどめ置いておく」

真摯な態度である。その言葉に偽りはあるまい、おそらく。

神の類が誓いをする時に鳴る鈴の音がしなかったなとは思うも、湊は信じることにした。何しろ、いままで山神は酒に呑まれるようなことはまったくなかった。昨日がはじめてだったのだから。

ただ、一つ懸念はある。

「セリたちも酒癖が悪いの？」

テン三匹は山神の分身ともいえる存在だからだ。

「否。あれらは酒を好まぬようにつくったゆえ、まず呑まぬ」

「よかった。賢明な判断だったと思う」

「そうであろう。我もそう思うておる」

いけしゃあしゃあと言ってのけた山神は、首をめぐらせた。

「――にしても、なかなかよき景観となったものよ」

自画自賛し、満足げに鼻息を吹いた。

庭の改装は、山神の趣味である。その楽しみを奪うのはよろしくなかろう。やる気、生きがいを失った神の類は、永い眠りにつく恐れがある。

先日そのことを知った湊は、これ以上とやかく言うつもりはなかった。

湊も同じように庭を見やった。

四方を囲む池には青空が映り、長い渡り廊下の先に縁側と家屋がある。二基の石灯籠と露天風呂の位置は変わっていない。手水鉢は、この板張りの床に入る廊下の脇に移動している。まさに一新されてしまい、気分が変わっていいだろう。

ただ太鼓橋が消えてしまったため、これからは壁沿いを伝って裏門へいかなければならない、やや不便な仕様になった。

「ずいぶん変わったよね……」

「左様。一変させたぞ」

誇らしそうにされてしまえば、もう湊は苦笑するしかなかった。そのまま横へ手を伸ばし、クスノキの幹に触れる。

「こんなにクスノキの近くで過ごせるようになるなんてね」

微笑みながら見上げると、入り組んだ枝とびっしり茂る葉が見えた。

わずかに差し込む光の筋を受ける下方の枝に、風鈴がぶら下がっている。

縁側にひとり取り残されていたのをあまりにも不憫(ふびん)に思い、湊が持ってきたのであった。

――ちりん。

短冊をなびかせ、存在を主張している。

それ以外の音はしない。鳳凰とカエンは石灯籠で惰眠をむさぼっており、麒麟もお出かけ中。それから霊亀と応龍は――。

ポチャッと、池の二か所――両端に水紋が広がった。

それぞれの中央に亀と龍の頭が浮かび、悠々と泳ぎ出す。池の流れがないせいか、川の時よりいっそう優雅な遊泳に見えた。

広々となった池には、変わらずこの二匹が住み、山側と田んぼ側に居場所を分けていた。かの竜宮城は霊亀の方にある。

湊は最後に大狼で視線を止めた。

煌めく輪郭もさることながら、気配が濃厚だ。緩慢に横になるその動作に合わせ、衣擦れめいた音までも聴こえてくる。

「山神さん、存在感抜群だよね」

庭の大改装でたいそうな力を消費したであろうに、消えることなぞ万に一つもない。そう思わせるだけの力強さがあった。

「そうであろう、そうであろう」

喉を震わせ、山神が笑った。

しかし唐突に、その声が止んだ。鼻先を家屋側へと向けて、唸り出す。

「ぬぅ、朝っぱらからまたしても来おったか」

薄い瘴気をまとう蛇体が近づいてくるところであった。

山神の台詞からよくないモノがいるのだろうと思い、湊は必死に目を凝らし、耳をすませた。

その様子を山神が一瞥する。

「お主はあまり、悪霊に意識を向けぬほうがよかろう」

「なんで？」

「あやつらを視て、その声を聴いていかにする」

「——いかにするって、……祓うよ、もちろん」

ほんの一瞬ためらったのを、山神が気づかないはずもない。

湖面のように凪いだ眼で、湊を見据えた。

「悪霊が、なにゆえそのようになり果てたのか。その理由を知ってなお、すべてを祓い尽くすだけの心の強さを持っておると、自信を持って云えるのか」

詰問され、湊はとっさに答えられなかった。そして、静かに目を伏せた。


実のところ、いつも思っていた。

悪霊の内情を知ってしまえば、自ら進んで祓うことはできなくなるかもしれないと。

悪霊は、もともと人や動物である。かつて生きていたモノだ。

それを己は彼らの醜悪な姿が視えない、その怨嗟の声が聴こえないばかりに、容赦なく祓っている。

——生者に仇なす存在だから。そう己に言い聞かせて。

「先日、申したであろう。四霊から加護を与えられたお主は、心から望めばたいていのことは叶うと」

平坦な声がして、湊は目を上げる。

「よく考えるがよい。本当に認識できるようになりたいのか否かを、な。しかと己が心の声に耳を傾けてみるがよい」

「――うん」

「今回だけは特別に観せてやろう。――神域をちといじる」

山神は振り上げた前足を音高く下ろした。

途端、屋根の上に長い蛇が浮いているのが見えた。

波線を描く蛇体は、二メートルはあるだろう。

「――あれは、アオダイショウかな」

「左様。そこそこ長く生きたやつぞ」

やや老いたその身から瘴気を放っているが、ごくわずかだ。そのうえその身自体、緑がかった暗い色を保っており、湊は怪訝そうな顔をする。

「あれは、悪霊なのかな。いままでの悪霊はみんな禍々しい黒一色だったけど」

「あやつは、なりかけである。肉体から離れた魂はそのまま悪霊になりはせぬ。徐々に変わっていくものぞ」

「そうなんだ……。それであのアオダイショウは、なにしに来たんだろう?」

蛇は攻撃を仕掛けてくる様子はまったくない。ただ宙に浮いているだけだ。

湊にも山神にも眼をくれず、ただ己が長たる応龍を見つめている。

いつの間にか応龍は、中島の頂にいた。後ろ足で立ち、アオダイショウを見返している。

その応龍に湊は意識を向けてみるも、声はまったく聴こえなかった。

「あの蛇は応龍のに会いに来おったのよ。やり場のない怒りを捨てきれずに苦しんだ果てに、な」

伏せた体勢の山神が、温度のない声で告げた。

「やり場のない怒り……」

復唱した湊を大狼が見やる。

「左様。己を殺した人間を殺したくとも、それがもう叶わんと嘆いておる」

予想外の理由に、湊は瞬間的に息を引いた。

「――それは、なんで？」

「己が手を下す前に、相手が車に轢かれておっちんだらしいぞ」

「それは……」

湊は二の句が継げなかった。

殺された恨みを晴らそうとするのは、人間だけではないのだとまざまざと思い知らされた。そのうえ相手が死亡したにもかかわらず、いまだ恨みが消えないとは。

その恨みの激しさ、重さに寒気を覚え、湊は肩をすぼめた。

遠目では蛇の感情はうかがいしれない。しかし時折、耐えがたいようにその身をよじる様が、ひどく痛々しく感じられた。

「死したあとも、かように恨みを持ち続ける動物は珍しくはある。しかしまぁ、蛇ゆえ致し方なかろう」

「――そうなんだ」

「うむ。覚えておって損はあるまい、蛇は殊の外執念深いぞ」

顔を歪めて嗤う山神に、湊は総毛立つ。しかし山神はその顔を一瞬で消し去り、蛇へと顎をしゃくった。

「なんにせよ、あやつが完全な悪霊となり、手当たり次第に生者を狙うようになるのは時間の問題ぞ」

聞き捨てならぬ台詞に、湊の顔が強張った。

「八つ当たりみたいな感じ？ それとも悪霊になってしまえば、理性が保てなくなるってこと？」

「後者である。肉体を失い、魂のみになってもこの世にとどまり続ける最大の未練――人間への恨みを晴らせなかった。ただそれだけしか覚えておられまいて。憎い人間を殺す。その感情のみに支配されたケダモノと化すぞ」

湊はあぐらに乗せた拳に力を込めた。

蛇から応龍へと視線を移す。

説得しているのかもしれないが、状況は何一つ変わっていないように見えた。

応龍たち四霊は、あくまで霊獣である。

神獣たる四神から力を与えられていようと、万能ではなかろうし、何事にも定められた領分はあるものだ。

おそらくこの状況を打破できるであろう山神は、動こうとしない。しゃしゃり出る気はないようだ。

それもそうだろう。救ってやる義務は、山の神にはあるまい。


ならば、己にできることはないだろうか。

自ずとそう考える湊は、縁側の端を見た。

そこには、乱立する塔のごとく積まれた木箱がある。昨日の宴会中、応龍が遊んでいた木製の酒箱だ。

それらが、アマテラスの神域で見た光景と重なった。

そして己の力を貸し与えてくれた、かの女神の言葉も思い出した。

「――恨みの感情だけを木箱に閉じ込めてみようかな」

できるとは聞いていたが、いまだ感情のみを閉じ込めた経験はない。

しかし首尾よくあの木箱に封じることができたならば、かの蛇は未練から解放されるのではないだろうか。

さすれば、心置きなくあの世へいけるのではないだろうか――。

ふいに寒気がして、湊は見上げた。

アギトを開けた蛇がのたうち、瘴気をまき散らした。その身がみるみる黒に染まっていく。

――もう時間はない。

湊は駆け出した。渡り廊下を経て縁側に至るや、うず高く積まれた一番上の木箱をひったくるように手に取った。

普段、己の祓いの力を紙片に閉じ込めている方法とは、やや違う。

田の神たる田神（たがみ）の御魂をそのカカシの体に閉じ込めた時のように、スサノオの御魂をその身体に閉じ込めた時のように。

「やってみよう」


ふたたび渡り廊下へ駆け戻った。

屋根のてっぺんから波のごとく瘴気が伝い下りてくる。その根源たる蛇体は、顔周りだけを残してドス黒くなっていた。

「いきなりごめん！」

湊は手をかざした。

手のひらから網が噴射し、放射状に広がる。蛇の身を包み込んだ途端、一挙に収縮していく。

その間、強く強く念じた。

恨みの感情だけを、それだけをよこせと。

硬く手を握りしめ、手繰り寄せる。が、鎌首の下方で引っかかった。

そこに魂があるに違いない。

さらに念じつつ湊は力を込めて引いた。

「いッ」

バチンと手に衝撃がきた。蛇が暴れ、抵抗している。

やむを得まい。いかなる感情であれ、己のモノだ。他者に、それも恨みの対象と同族の者に好き勝手にされたくはないだろう。

申し訳ない気持ちはある。けれどももうあとには引けなかった。

蛇体が暴れるたび、手および全身に、断続的に激痛が走る。

しかし網への力の供給を止めるわけにはいかない。

本能で悟り、慎重に、かついっそうの力を流し、網を引きつけた。

ズルリ……。重く、淀(よど)んだ怨念が取れた。たわんだ筋を通し、恨めしい声が伝ってくる。

『殺ス、殺ス殺ス殺ス殺ス殺ス殺ス殺ス殺ス殺ス──』

絶え間ない殺意に、冷や汗が吹き出した。

力を振り絞って引っ張ると、丸い形状となった先端が弧を描いて飛んでくる。木箱で受け止め、蓋をかぶせた。

両手で上下を挟むように持ち、アマテラスの力で閉じ込める。

パリッと雷光に似た音がし、一瞬箱が振動するも、大人しくなった。

「できた……！」

それをしかと抱え、渡り廊下にへたり込んだ。

「きっつ……っ」

肉体的にも精神的にも多大なる疲労感を感じていた。

ともあれ、蛇の本体はどうなったのか。

見れば、屋根の上にとぐろを巻いている。その色は、元の緑がかった暗色であった。

間に合ったようだと、安堵の息をつく。応龍が蛇のもとへ飛んでいくのを眺めていると、山神の声がした。

「無理やりがすぎよう」

のろのろとかえりみると、優雅なる足運びで迫ってくる大狼の表情は呆れ気味であった。

「時間がないって思ったから、つい」

「間違ってはおらぬが、もう少し丁寧にやるべきであったぞ。震えが止まらぬであろう」

「うっ、はい」

そのせいで、歯の根も抱えられた箱もカタカタと鳴っている。

いまだ身の内に、蛇の怨念が残っているような気がして、それを意識すればするほど、ひどく心がざわついた。

戸惑っていると、ついっと伸びてきた獣の手に胸部を軽く押される。

「っ」

何かが背中から滑るように出ていった。

そう明確に感じたあと、ピタリと震えは治まった。

目を見開くその背後に、黒いモヤが漂っている。

山神がガブリと口を噛み合わせるや、そのモヤが霧散した。ちろりと金眼を湊へと向ける。

「お主は、蛇の怨念に引きずられておったのよ。その感化された感情のみを押し出して消してやったぞ」

「俺の、かんじょう……」

呆然とつぶやき、湊ははっきりと自覚した。

己の心が暗く淀むような感覚が確かにあったことを。もしそれが残ったままであれば、どうなったのだろう。あの蛇と同じように他者に殺意を抱くようになったのだろうか。

そう思った途端、激しく動揺し身震いした。

「お主はまだ、怨念に打ち勝てる心の強さは持たぬ。ゆえにあのまま放置しておれば、同調した感情に振り回される羽目になったであろうよ」

「山神様、ありがとうございます……！」

正座して、深々と頭を下げた。

「うむ、以後気をつけるように」

すっかり今し方と立場が逆転した構図になっている。

山神が屋根を見上げた。

「しかしまぁ、お主の頑張りであやつは救われたようぞ」

見れば、蛇が応龍に巻きついていた。離れたくないと言わんばかりである。

「うわぁ、熱烈だね」

「うむ、動物らの長なる立場もなかなか気苦労が多そうよな」

山神に同情的な眼を向けられようと、龍は微動だにせずされるがままになっている。しばらくすると、その取り巻いた蛇の身が薄くなりはじめた。

「あ、消えていく……」

「未練がなくなったゆえ、もはや生前の形を保っておられぬ」

やがて蛇体は、青白い鬼火となった。

「昨日の夜中に見たのと同じだ」

同じモノが霊亀の周囲を飛び交っていた光景を思い出した。

霊亀のもとにも同じように動物霊が集っていたのだ。

鬼火は名残(なごり)惜しげに応龍の周囲を一巡し、ようやく離れた。静かに上昇していく青白い火の玉へと向かい、応龍が大きく羽を広げた。

高空に漂っていた雲から小雨(こさめ)が降り出す。

応龍を起点にして、大橋のごとき七色の橋が架かり、それを鬼火が沿うように渡っていく。

渡り廊下から湊と山神。池の淵(ふち)から霊亀、屋根の上から応龍。さらに石灯籠からカエンが静かに見送った。

「これ、どうしようかな……」

酒箱に視線を落とした湊が、途方に暮れたようにつぶやいた。

後のことは何も考えていなかった。怨念とはいえ、他者の感情である。

「俺が勝手にどうこうしていいものじゃないと思うんだよね。というか、どうにもできないけど……」

真正面の山神がしばし酒箱を注視した。

「その中に閉じ込めておける期間はそう長くはないぞ。せいぜい三年ほどであろう」

「そんなに短いの!?」

焦る声があがったその場に、小さな足音が近づいてくる。湊が見れば、エゾモモンガが短い四肢を駆使して駆けてくるところであった。

「あ、カエン」

すぐそばまできて、二本足で立った。その相貌、雰囲気はいたく硬い。酒箱を見たあと、湊を見た。

「それは、いらんものか」

やけに冷たい声で問われ、湊は若干戸惑った。

「うんまぁ、いらないといえばいらないかもしれないけど……」

「ならば、燃やす」

強い口調に目をむく湊の手から、酒箱が浮き上がった。

バシュッと打ち上がる激しさでクスノキの高さを越え、たちどころに白い炎に巻かれ燃え上がった。

酒箱は瞬時に炭化し、中から黒いモヤが生じる。

暴れ、もがいてゆらめくも、炎がそれを逃がすはずもない。

ちりも残さず燃やし尽くした。それが終わるや、白い炎はひと回り大きくなって消えてしまった。


一連の流れを眺めていた山神は、長く嘆息する。

「ぬぅ、ぬしも手荒すぎるぞ」

「――一刻も早く消さねばならんと思うたのじゃ。やや荒かったが、やむを得まい。なにせあれは、みな……」

湊の名を呼びかけ、視線だけで湊を見て、言葉を続ける。

「かの者を闇に引きずり寄せようとしたのだぞ」

悪びれた様子もない。

カエンはその愛らしい見ために比して、そこそこ苛烈な性格をしている。恩人への蛮行を許すはずもなかった。

第6章　鳳凰・麒麟とおでかけ

その日、北部商店街は異様な熱気に包まれていた。

「まだかな、まだかな〜？」

「あとちょっとじゃない？」

アーケードの手前に老若男女が人垣を築いているが、両端に固まっており、ものの見事に真ん中が空いている。

「ねぇママ、まだぁ〜？」

「たぶんあとちょっとよ。大人しく待っていましょうね」

やんちゃそうな幼児でさえ、その場で飛び跳ねるだけで通りに出ようとしない。

まるで貴人を通すべく警備員によって、整列させられた光景のようだ。

だが、違う。

「おお、鳥たちがこっち来たぞ！」

青空から数多の野鳥が飛来し、人垣の前に降り立つからだ。

全国でお馴染みのスズメ、ドバト、カラス、ツグミ、果てはオオタカまで。大きさや色も異なる鳥が一様に、どいたどいた～と言わんばかりに相次いで着地する。

その様を人々は眺めるしかない。野生動物らの場所の取り合いは熾烈を極めるため、巻き込まれたくはないからだ。

そう、群がる野鳥は最前列を狙っている。

あちこちで野鳥が翼をばたつかせ、威嚇の鳴き声をあげた。しかしそれも束の間、翼を畳んで粛々と並び出した。その直後――。

「あ！　鳥遣いの人来た！」

その声に導かれるように、ギャラリーの視線が一点に向かう。

一人の若者が角を曲がり、通りを歩んできた。常人の視界には映らない、ピンクのひよこをその肩に乗せて。

野鳥と町民たちが待ち望んでいた、北部の名物男――湊と鳳凰のお出ましである。

なおギャラリーは毎回待っているわけではない。鳳凰がともにくる時だけだ。

なぜ、鳳凰が視えない町民がそれを判別できるのか。それはむろん野鳥が集う理由は、鳳凰に会いたいがゆえであり、湊単身であればそこまで集まらず一目瞭然だからだ。

みなの注目の的の湊はといえば、アーケードへの直線の道に踏み込んだ瞬間に怯んでいた。

だがしかし下腹と表情筋に力を入れて足を運ぶ。

やや力の入ったその肩で、鳳凰がふんぞり返った。

『みな、息災であったか』

野鳥たちが一斉に鳴き、その音の圧が湊の鼓膜を打った。なるべく口を動かさないようにつぶやく。

「相変わらずの大歓迎ぶり。すごいなぁ」

『ええ、ほんとに。鳳凰殿は、いつでもどこにいっても大人気ですからね』

訳知り顔で答えたのは、麒麟だ。

湊の後ろを一定の距離を保ちつつ、トコトコ歩んでいる。

今日は珍しく麒麟もついてきていた。バスの隣を並走する所業には呆れたが、無事に着いたからよしとする。

『できるだけ、気配は抑えているのだがな』

鳳凰は小声で告げるも間近であったため、湊にも鮮明に聴こえた。

「それだけ愛されてるってことだよね」

鳥と接する機会が増えたからこそ、よく理解できた。鳥たちが鳳凰(己が長)へ向ける熱意の激しさを。

それに引き換えといってはなんだが、同じ立場であるはずの麒麟の場合はまた違う熱意を向けられている。

鳥と人で築かれた壁の向こう——建物の陰に毛の生えた動物が点々といる。

前足をそろえて座す猫が、麒麟を見つめている。それを受け、麒麟が尻尾を忙しなく動かし、声をかける。

『なにをいいますか、わたくしめは湊殿に迷惑はかけておりません。ええ、おりませんとも！』

その反対側——建物の陰からのぞくのは、アライグマ。今度はそちらに麒麟は声を張り上げる。

『なんですか、あなたまで似たようなことを言って！　わたくしめは決して、トラブルメーカーではありませんよ！』

麒麟は四肢を踏み鳴らし、憤りをあらわにしている。

湊は視線のみで鳳凰に問うた。

『気にするな。ただあのコらに心配されているだけだ』

「なんというか、麒麟さんのとこは立場が逆転してるような感じだよね」

『なにをおっしゃいます！　断じて逆転などしておりません！　わたくしめが長です！』

背後から蹄の音を連打され、湊は器用に片側の肩のみをすくめた。

「はいはい、すみませんでした～」

湊も麒麟のあしらいにだいぶ慣れてきた。

その足取りは、極めてゆっくりである。できるだけ長く、まんべんなく野鳥たちが鳳凰を見られるようにとの配慮からであった。

アーケードに入ってしまえば、さすがに彼らは追ってこない。そのあたりは鳳凰が指示し、人間側に気づかっていた。

町民の好奇の目より、野鳥たちの名残惜しげな様子に、湊は心を痛めながらアーケードの入り口をくぐった。

日光が遮られるや、鳳凰は眼を皿のようにして、軒を連ねる店舗を見回した。

『いないのか、余好みの職人はいないのか』

鳳凰はとにかく職人芸を好む。湊の買い出しに付き合うのは、その絶技を見たい一心である。

出会えるかどうかは、運次第だ。

四霊は、その存在自体が幸運などを引き寄せるわけではない。他者に加護を与えてこそ、その真価が発揮される。

ゆえにその昔、鳳凰が世界を放浪していた頃、いかに望もうとも、会えないことの方が多かった。

しかしいまは違う。

「優れた腕を持つ職人さんに会えるといいね」

『鳥さんに喜んでもらいたい、きっとそう思われているのでしょうねぇ』

四霊全員から加護を与えられている湊と一緒なら、たいてい出会えるのだ。

自らの足跡が灯る背中を見つめ、麒麟がつぶやくと、さっそく湊は道脇に立つ看板に気づいた。

「あ、すぐ近くで職人さんが集まるイベントをやってるみたいだよ」

『おお、ぜひとも参らねばならん！　鑑賞せねばならんな！』

バタつく翼が首に当たり、湊はくすぐったそうに笑った。

その同時刻。さる洋菓子屋で、緊迫した空気が流れていた。

こぢんまりとした店だが、白と金色を基調とした調度品でまとめられており、格調高さを演出している。

そんな店内にいる、一人の販売員が奇妙な行動を取っていた。

ダークブラウンのエプロンをまとう、二十歳そこそこの女性だ。カールしたまつげがつきそうなほどドアに張りつき、隙間から通りをのぞいている。

「今日こそ、今日こそ、あの御方を呼び込まねばならぬ……！」

ぶつぶつ念仏のように唱えるその背に、厨房からひょっこり顔を出した中年男性――パティシエが声をかける。

「おい、こら。お客さんが入ってこられないからそこから離れなさい」

「店長、どうかお見逃しください。いまここを離れるわけにはいかぬのです。あの御方が通りかかる時間ゆえ……！」

「なんでお前はビスクドールみたいな容姿をしてるのに、全然似合わないお武家さんみたいなしゃべり方をするんかねぇ」

「致し方ありますまい。緊張がピークに達すればこうなってしまいますゆえ……！」

「あーもう、なんでもいいから仕事をしなさい。ほら、新しいこのケーキを並べてくれ」

「だって、パパ！」

「こら。バイト中は、店長と呼びなさいと言ったろう」

父に注意されようとも、娘はドアから離れない。この店はドアを開けないことには通りが見えないゆえ、のぞきをやめない娘は言い募る。

「だって、もう製菓の世界大会まで日にちがないでしょう！　なにがなんでもあの御方にお店に来てもらわなきゃいけないの！　パパの身体を治すためにっ！」

彼女が待ち焦がれている相手は、言わずと知れた湊である。

「いや、あのお客さんがなにかしたから、オレの具合がよくなったわけじゃないだろうに……」

父が懐疑的な言葉をもらすと、娘は弾かれたように振り返った。

「いいえ、あの御方がこの店に来てくれたからこそ、仕事もままならなかったパパの身体はよくなったのよ。半年前も三ヵ月前も劇的に回復したのは、あの御方がケーキを買いに来た直後だったでしょ」

「いや〜、違うんじゃないか？　たまたまだろう」

「それだけじゃない。パパの職人としての腕前も上がったでしょ」

「――なにを言ってる。それはオレが努力したからだ。まぁ、確かに体調がよくなったからこそ、頭も腕もよく動くようになったんだが……。ただケーキを買っただけのお客さんのおかげなはずはない。偶然だよ、偶然」

働かぬ娘の代わりに、ケーキをショーケースに並べるその顔色は、いたく悪い。動きもぎこちない。

父はまたも体調不良に陥り、無理をしていた。その姿を娘は強い目で見据える。

「偶然でもいい、もう一度パパの体調がよくなるのなら。私はあの御方にかける！」

ゆるぎない言葉に、父の手が止まった。その手にあるケーキを娘はじっと見た。

「その新作があれば、きっとうちにも寄ってくださるはず……！」

せがんで父に作らせた、洋菓子と和菓子とのコラボ商品である。

彼女は知っていた。

町の名物男たる湊が、越後屋ならびに和菓子屋へ通い詰めていることを。

洋菓子屋にはあまり立ち寄らないことも。

ゆえに、この商品を思いついたのであった。

ふたたびドアからのぞき見た娘が、大きく目を見開く。

そして、そばに立てかけていた看板をひっつかみ、ドアが吹っ飛ぶ勢いで通りに躍り出た。

反動で閉じゆくドアの向こう、父が頭を抱えているがお構いなしであった。


「うわ！」

突如、看板を持つ人物に行く手を阻まれ、湊は驚きの声をあげた。

上半身が隠れていても、スカートからスラリと伸びた脚で若い女性なのだと見て取れた。

「う、うちのしんしゃく、い、いかがでございまひょうか……！」

カミカミで売り込んできた。

看板を握りしめるその手、脚もかわいそうなくらい震えている。新人のバイトなのだろうか。いたく同情心がわいた。

ともあれ、押し出してくる看板を見やる。

〝抹茶レアチーズケーキ、はじめました〟

さる夏の麺類の売り文句かな、と思うも興味を引かれた。

「山神さんが気に入りそうだ」

山神は近頃、和菓子と洋菓子のいいとこ取りの菓子も食すようになってきている。きっとこちらの新作も、お気に召すに違いない。

湊のこういった勘は外れない。

しかしいまは鳳凰の用事が先であり、なおかつ夏場に生菓子片手に徘徊するのもいただけない。

販売員の脇を通りつつ話しかける。

「帰りに寄らせてもらいますね」

「あ、は、はいッ！　なにとぞ、なにとぞお頼み申すッ！」

「っ、うちの風鈴の話し方とそっくりだ」

つい笑ってしまったが、販売員は赤面しながらも、満面の笑みを見せてくれた。

二軒分ほど離れると、店から出てきたコックコートの中年男性が、販売員に何事か告げている。

その光景を鳳凰がかえりみた。

『また憑かれているな……』

うっすら己の気をまとうその身が、濃い瘴気に包まれている。それを麒麟も同じように眺めた。

『そうおっしゃるのであれば、あの男は憑かれやすい体質なのでしょうね。それはそうと鳳凰殿、あの男にも加護を与えたのですか』

『――古傷が悪化して菓子を作れなくなってしまうには惜しい人材だったからな』

『まったくもう。そうやってホイホイ加護をばらまくから、いまだその身は小さいままなんですよ』

霊獣たちは、湊には聴こえない声で会話をしている。

前へ向き直った鳳凰が胸を張った。

『構わん、いましばらくこの姿のままであろうと。――麒麟、一つ言っておくが、余は職人なら誰にでも加護を与えるわけではないぞ』

『いちおう人となりは見極めているのでしょうが――』

「お、イベント会場があった。あそこみたいだよ」

湊が目的場所を見つけたことで、会話は中断された。


よりすぐりの職人が集う会場はわりと閑散としていた。

ゆっくり歩いている途中、鳳凰が身を乗り出したのは、日本刺繍の職人のブースであった。

背の曲がった痩せた翁が、巨大な絹の生地に貼りつくような姿勢で針を刺している。

それをじっくり見ることが叶うのは、こういうイベントならではであろう。

その恩恵にあずかれるもっともよき位置、真正面に湊は立っている。

「動きが速い、でも正確。精密な機械みたいだね」

『うむ、熟練の技は実に見応えがあるな』

うんうんと頷く似た者同士の一方、麒麟はまったく興味を示さない。

『そうでしょうか。ずっと同じような作業を繰り返しているだけでしょう。そんなに長時間眺めていてよく飽きませんね』

特等席から一歩も動かなくなった湊と違い、麒麟は他のブースへ行ったり戻ってきたりしていた。

湊は苦笑いするしかない。あまりここで声は出さないほうがいいだろう。霊獣が視えない他者から白い目で見られかねない。

しかし鳳凰はお構いなしである。視線をやることもなく麒麟に告げる。

『たまにはじっくり見るがいい。次第に心が凪いでくるから、落ちつきのないそなたも少しは慎(つつ)ましくなるだろう』

『なにをおっしゃいますか！　わたくしめは至って物静かな大人です！』

うきー！　と歯ぎしりし、前足を上げて竿(さお)立ちになりつつ湊の背後を駆け回る。

しばし憤っていた麒麟であるが、湊にも呆れられ、しぶしぶといった様子でともに職人芸を眺めた。

『金色をふんだんに用いるところは、大変よいと思います』

「お、好反応だね」

『いくらわたくしめでも、よき物はよいと言いますよ。糸だけでなく、生地も絹なのも高得点ですね。眼にも鮮やかです』

「麒麟さん、意外に派手好きだった……？」

『麒麟は派手な物をいっとう好むぞ』

『鳳凰殿もさほど変わらないかと』

「その身なら納得かな」

霊獣たちは己が身を誇示するように、その満身から真珠色の粒子を放出した。

「――ん？　なんだ？　目がおかしいな」

職人が老眼鏡の奥の目をしょぼつかせ、霊獣たちは即座に粒子を出すのをやめた。

けれども職人は眼鏡を外して、目の間をつまんでいる。

「――どうにも、見えづらい。調子が悪いな……」

『わたくしめたちのせいではありませんよ。歳(とし)のせいでしょう』

麒麟がすげなく言い放った。

「たぶんそうだろうね……」

湊もそこは疑っていない。職人は高齢だ。もとより細かい針仕事は辛(つら)かろう。

他の若手の職人に比べても、その動きは数段劣る。

しかしながら、その仕上がりは文句のつけようもなく、素人目に見ても翁がもっとも優れた職人であるとわかった。

それゆえであろう、鳳凰が注目するのは彼のみである。

鳳凰は、シビアだ。一定レベル以上の腕を持つ者にしか関心を持たない。

背伸びした鳳凰が眼を眇める。

『目の不調ごときでこの技術が失われるなぞ、あってはならん。もったいないことこの上ない。なれば余が加護を与えてやろう――』

『鳳凰殿、なりません！』

麒麟が蹄を打ち鳴らした。ガツンと心の芯に響くような強さがあり、湊が瞬く。

それに気づいた麒麟は、バツの悪そうな顔になった。しかし思い直したように顎を上げる。

『湊殿、鳳凰殿がまたも、人間に加護を与えようとしておられるのです』

湊はブースからやや離れ、追ってきた麒麟に訊いた。

「――それは、よくないことなの？」

『与えるごとに鳳凰殿の快復が遅れます』

眉根を寄せた湊は、鳳凰を見やる。

「自分の身を削ってるってことだよね」

『――大したことではない』

ついっとひよこは眼を逸らした。

「でも、麒麟さんが怒るってことはよくないことなのでは？」

『麒麟は人間が嫌いだからな。もとより加護を出し惜しむ傾向がある』

『そこは否定できませんけど、いまだ鳳凰殿は完全に力を取り戻せていない状態なんですよ。だから止めるんです』

「鳥さんが元の姿に戻れば、完全に力を取り戻せたという認識でいい？」

『そう思っていただいて差し支えありません』

湊は鳳凰をとくと見つめた。

その身は以前に比べてひと回り以上大きくなっており、翼の下方は産毛ではなく、羽になっている部分もある。

「もうここまで育ってたんだね。そろそろひよこと呼べなくなりそうだ」

『そうだろう。そう遠くないうちに元の大きさに戻るのは明らかだ。おかげで体がかゆくてかなわん』

羽づくろいをしたそのくちばしに、産毛が挟まっている。

そのままパクっと一飲みしてしまい、湊はぎょっとする。

「――抜け毛は自分で食べるのか。だから火袋の中はいつも綺麗なんだね」

『うむ、これぐらいは自分でどうにかせねばな』

『では貴殿方、そろそろ次へ参りましょうか』

しれっと麒麟が促すも、鳳凰は諦めていなかった。

『いや、まだいかん。あの翁の目はそのうち見えなくなる。針仕事なぞ到底不可能になるのを見過ごせん』

「そこまでわかるんだね……」

湊が戦慄するなか、鳳凰は麒麟を見やる。

『余は、あの者がいま手掛ける刺繍が仕上がったところを見たい』

うるうるとしたおめめで見られ、怯んだ麒麟は一歩下がった。

鳳凰の意図を察した湊にまで見つめられ、もう一歩後退した麒麟が四肢を踏ん張る。

『わ、わかりましたよ。わたくしめにお任せくださいッ』


会場から離れ、建物の影が落ちる通りを歩む湊の肩で、鳳凰が翼を広げた。

『また、あの刺繍職人のもとへ赴かねばならんな！』

「そうだね、きっと完璧な物が仕上がるだろうからね」

仲よく話すふたりのあとを、麒麟がトボトボ歩いている。

『鳳凰殿、貸し一つですよ』

実にうらめしげである。

あの後、麒麟はほぼ強制的に職人へ加護を与えることになった。その当人からだいぶ距離を取って、えいやっと加護を投げつけたのだ。

が、『足りん！　もっとだ！』と鳳凰に叱咤(しった)され、ヤケクソで倍の加護を蹴り飛ばす羽目になった。

触れなくても与えられるのならば、背中を蹴られた俺は……？

と釈然としなかったが、湊は黙って眺めていた。

なんにせよ、これでまた一つの技術が長く在り続けることになるだろう。

その間に継承者が増えるのを願うばかりである。


「おはよう、おはよー！」

突然、口調の異なるあいさつがして、目前に一羽の鳥が舞い降りた。ハトと変わらぬ大きさで、全体的に灰色をして尾羽は赤い。

「うわっ、びっくりした」

「おはよー！」

人語をしゃべり、首を縦にフリフリ、リズミカルに歩んでくる。

「あ、この鳥、ヨウムだっけ？」

『うむ、そう称されているな』

鳥類の長も認めた、ヨウム。大型のインコである。

その鳥が足元から熱心に見上げる先には、むろん鳳凰がいる。

「おはよう、ゴロウちゃん！」

「ゴロウちゃん？　まさか自己紹介してるの？」

『いや、違うようだが……』

鳳凰が首をひねる。その間、ヨウムは熱心に湊の周りを歩き回り、ひっきりなしに話している。

「今日もあっついわねー！　今年の夏暑すぎでしょ！　ねぇお母さん、むぎ茶ないんだけど～」

「すごいな、三人の人がしゃべってるみたいに聞こえる。家の人の真似してるのかな」

『きっとそうでしょう。この鳥が飼われているのは間違いない。おおかた脱走してきたのでしょうね、鳳凰殿会いたさに』

麒麟にやや責める視線を送られようと、鳳凰は無言であった。

「どこから来たんだろう」

湊はヨウムが飛んできた方角を見やった。コンクリート打ちっぱなしの建物は、会社のようだ。近場に民家は見当たらない。

ヨウムは汚れておらず、眼にも輝きがある。大事にされている様子がうかがえた。

「家の方、絶対心配してるよ。帰った方がいい」

説得してみるも、ヨウムは陽気にステップを踏み、歌まで歌い出した。

「危機感がまったくない……。鳥さんに会えて浮かれるのかな」

伸びやかな歌声を披露するヨウムを注視していた鳳凰が嘆息する。

『ダメだ。このコは、己が棲家を覚えていない』

「あー……」

『それは仕方がないことです。人語を話せるからといって、知能まで高いとは限りませんからね。たいていの場合、ただ音を真似て発声しているだけですから』

「そうなんだ。ああ、そういえば、もしもの時のために、住所を覚えさせる飼い主さんもいるって聞いたことがあるよ」

『むむ、人間のくせに知恵が回りますね。案外この鳥も話すかもしれませんね……』

みなが耳を傾けると、ヨウムは張りきっておしゃべりをはじめた。

「脱いだ服はちゃんと片付けなさい！　何度言わせるの！　もー、お父さんが今日も遅いからお母さんの機嫌サイアクじゃない、どこほっつき歩いてるんだか……。どうせパチンコでしょ、また貯金まで注ぎ込んでなきゃいいけど。さすがにしないでしょ、次やったら離婚だし――」

これ以上聴かない方がいいかもしれない。

「人語を真似できる動物と一緒に生活するのは、とことん危険だって、よくわかったよ」

湊は心に決めた。生涯話せる鳥類は飼うまいと。

「でもまぁ、ここまで話せるなら、重要な手がかりになりそうなことも言ってくれそうな気もするよね」

『ですが、延々と話させるのもなんでしょう。日が暮れてしまいますよ』

麒麟が見上げた太陽は、かなり高度が下がっている。

通常、迷い鳥を見つけた際は、警察に届けるのが筋である。しかし鳳凰目当てに脱走してきたのならば、人任せにするのはためらわれた。

できるだけ自力で捜すつもりだ。

『それにあてどなく彷徨うのは、徒労に終わるだろうからな』

渋い声を出す鳳凰の横で、湊は閃いた。

「あ、ゴロウちゃんは？」

「わんわん！」

ヨウムが犬の声で吠えた。

「ゴロウちゃんって、もしかして一緒に住んでる犬の名前なのかな？」

湊が問うと、ヨウムは今一度吠え、麒麟も頷いた。

『おそらくそうでしょう。そしてこの吠え声、柴犬ですよ』

「さすが、長！　わかるんだね」

『もちろんです、わたくしめは長なのですから！　もっと褒め讃えてくださってもよいのですよ』

わんわん、と麒麟は寸分違わない発声で吠え、ふんぞり返った。

『ついでにいえば、小さい体の柴犬です』

「豆柴だね。犬種がわかれば家を見つけられるかもしれない。毎日散歩するだろうからね」

一同はひとまず、ヨウムが飛んできた方面へ向かうことにした。

右肩にピンクのひよこ、左肩に灰色のヨウムを乗せ、歩む湊の斜め後方を麒麟が闊歩している。

周囲は店舗と思しき建物ばかりだ。しかし犬を飼っていないと断定はできまい。湊はあたりへ視線を投げた。

「犬の散歩中の方がいたらいいんだけど」

『この時間帯はいないのではないか。まだ日が陰っていないゆえ、散歩は厳しいだろう』

鳳凰が言う通り、いまは真夏である。外に出るだけで汗だくになる。

本来なら。

湊が至って涼しい顔をしているのは、鳳凰が触れているからだ。不思議と適温に包まれている。

「ああ、そうか。アスファルトが熱いからね」

とはいえ靴裏の熱気は感じていた。


そんなうだる暑さにもかかわらず、威勢のいい声が路地に響いた。

「うにゃーおぉぉ――」

「ふぎゃぁぁああっ」

道の脇で対峙する野良猫二匹が、揉めているようだ。ぶんぶんと尻尾を振り、段階的に声を高まらせ、まさに一触即発という雰囲気である。

が、二匹の声を上回るドラ猫の鳴き声が響き渡った。

「フシャーーーーッ！」

驚いた湊が振り返ると、麒麟であった。

『はいはいあなた方、あまりの暑さに苛立つのはわかりますが、喧嘩はやめましょうね～』

耳を伏せて身を縮こまらせる猫二匹の前を、麒麟は悠々と歩いた。

そんなプチハプニングに遭遇しつつしばらく路地を進むも、残念ながら人とは出会えない。

「人通りの多い方にいってみようかな。このヨウムがいれば、いきなり尋ねても警戒されないだろうし」

『うむ、その方がいいだろう』

湊の案に鳳凰が同意するとヨウムも言う。

「おはよー！」

会話は成立しないが、取り立てて気をつけていなくても、肩から離れようとしないところは助かった。

そんな一同の行く手に、人が行き交う通りが見えてくる。

その時、その通りを曲がった一人の子どもが、駆け寄って来た。

「お兄ちゃん！　ひよこちゃーん！」

満面の笑みで手を振る少年は、見覚えがあった。

「あ、あの時の子だ」

『ああ、余が視える者か』

少し前、鳳凰と買い物に赴いた折、多くの人の前で湊の肩にピンクのひよこが乗っていると指摘した子であった。

『むむ、厄介な』

麒麟が湊の背後に隠れるも、優れた目の持ち主たる少年が見逃すはずもない。

湊のそばまでくるや、頭を傾けて反対側をのぞこうとする。

「お兄ちゃん、今日は鹿ちゃんと一緒なの!?」

「えーと……」

『なんという失礼な小僧でしょう。わたくしめ、鹿ではありませんよ！』

文句を言う麒麟は、少年から逃れるべく必死に湊を盾に逃げ回る。それを追いかけつつ、少年が言う。

「鹿じゃないの？　でもひよこちゃんのお友達でしょ！」

「すごいな、わかるんだね」

「うん！　同じキラキラのお色がみえるもん！」

真珠色の粒子のことだろう。

少年は得意げに湊を見上げ、それから鳳凰を目にして、飛び跳ねる。

「ひよこちゃん、この前より大きくなってる！　もっとキレイになったね！」

「口説き文句かな？」

冗談はさておき、湊は通りを見やった。少年が大声で騒ぐせいで、複数人から注目されている。

これはよろしくあるまい。

湊は膝を折り、少年と目線を合わせた。

「あのね――」

鳳凰を凝視していた目が、ようやくこちらへ向いた。

「キミには視えても、他の人では視えないモノがあるって知ってるよね？」

途端、少年は水をかけられたように大人しくなる。

「――うん」

「それらを視た時、たとえ言いたくなっても、他の人には言わない方がいいよ」

少年はうつむいた。おそらく散々身内に言われているに違いない。前回、母親がかなりキツイ口調で注意していたことから察しはつく。

今し方、はしゃいだのは、湊なら己と同じ世界を共有できる仲間だと思い、喜びを抑えきれなかったからだろう。

いじましいと思う。

しかし彼は学ばなければならない。この先、視えない者たちから異常者扱いされないためにも。


しばし思案した湊は、すこぶる真剣な顔つきになった。

「実はね、ひよこちゃんたち、悪い人に狙われやすいんだよね」

少年に悪霊が視えるのかは、定かではない。ゆえに理解しやすいよう、人とした。

「えっ!?」

弾かれたように面を上げた少年は、驚愕（きょうがく）の相を浮かべている。

『ん？　いや、いまはそんなことはないが――』

『そうですね。ここ最近はありませんけど――』

否定する鳳凰と麒麟のことはこの際、後回しにする。

湊は重々しい口調で続けた。

「なにを隠そうこのひよこちゃんも、一度拐われたことがあるんだ」

「そんなっ、よく無事だったね……！」

純粋な少年は涙を浮かべ、湊は深刻そうな態度を崩さない。

「本当、危ないとこだったんだよね」

完全なる嘘ではない。相手が人間ではなく悪霊であっただけだ。

空気を読んだのか、鳳凰と麒麟は口をつぐんでいる。

「だから、大きな声でひよこちゃんのことを呼んだり、他の人にもいるって言ったりしないでほしい。どこで誰に聞かれているかわからないからね」

「わかった……！」

「ひよこちゃんのお友達のことも言わないでくれる？」

「言わない！　絶対言わない！」

少年は噛みつくように約束したのち、でもと声を落とした。

「お兄ちゃんには言ってもいい？」

「小さい声でならいいよ」

そう会う機会もなかろうが、それぐらいならいいだろう。

「ところでキミ、どうして一人なの？　お母さんは？」

「お母さんは、お買い物してる。鳥たちが騒いでたから、そっちにいけば、ひよ――お兄ちゃんたちに会えるだろうと思って、ボクだけ追いかけてきたんだよ」

「キミもか……」

嘆く湊の肩で、

「おはよー！」

と同類の迷い鳥が鳴いた。

少年がいま気づいたとばかりに、ヨウムを見て目を丸くする。

「あ、そうだ。この鳥知ってる？」

「ううん、知らない。はじめて見た」

「じゃあ、ゴロウって名前の豆柴を知らないかな」

「知ってるよ！」

「えっ」

あまり期待せずに訊いてみたのだが、思わぬ吉報に湊も驚きを隠せなかった。

少年曰（いわ）く、その犬は彼の母親が買い物中の店の看板犬だという。

その店までの道すがら、手をつないだ少年が問いかけてくる。

「ねぇ、お兄ちゃんの名前はなんていうの？」

「湊だよ」

少年が破顔する。

「ボクね、海斗っていうんだよ！　似てるね！」

「そうだねぇ」

音だけでそう判断したのか、ともに海絡みだと理解したうえでの言葉なのか。判然としないが、ぶんぶんと大きく腕を振る少年が上機嫌で、まぁいいかと思っていると大きな声が聞こえた。

「海斗ッ！」

必死な形相をした女性がこちらへ早足に向かってくる。

少年の母親だ。途中、湊の姿を認め、心配と安堵のないまぜになった表情を見せた。覚えていてくれたらしい。誘拐という不名誉な誤解はされずに済んでホッとした。

一方、少年は手に力を込め、火が消えたように消沈している。

「海斗！　いきなりいなくなったから、あちこち捜したじゃない！　なんでなにも言わずに離れたのよ！」

女性の後方にはベビーカーがある。中には二歳ほどと思しき幼女がおり、少年と面差しが似ていることから、彼の妹なのだと想像がついた。

そのうえ少年がなぜ、湊もとい鳳凰を追ってきたのかも。

妹にばかりかまける母親の関心を引きたいがために起こした衝動的な行動だったのだろう。

湊は無言で少年の背後から脇に手を入れ、持ち上げる。

さらに文句を言うべく、開きかけていた母親の口が止まった。

「とりあえず、抱きしめてあげてください」

ただそれだけでいい。そうすれば、少年は身をもって知ることができるだろう。己がいかに心配されていたのかを、どれだけ愛されているのかを。

母親は虚をつかれたような顔をした。

「えっ」

「お怒りなのはわかりますが、お願いします」

ずいっと少年を押し出すと、母親が慌てて抱えた。

そして、力を込めて抱きしめる。

「もう、心配したんだから……！」

強張っていた少年が顔を歪ませ、母親にしがみついた。

「お母さん……」

肩口に埋めたその顔から発せられた言葉はこもっていてよく聞こえなかったが、反省しているのは間違いないだろう。

親子から離れ、店へと近づけば、玄関脇に伏せていた豆柴が身を起こした。それから戸口へ向かって激しく吠え立てる。

「ゴロウちゃん、ちょっと静かにして！　いま警察に電話しているところだから――」

スマホを耳に当てた店員が出てくるや、湊の肩に乗ったヨウムを見て叫んだ。

「ヨウちゃん！　ああ、ヨウちゃんが帰って来た！」

「おはよう、おはよー！」

両腕を広げる店員へ向かってヨウムが羽ばたいた。


「これにて一件、いや、二件落着だね」

軽くなった方の肩だけを上下させ、湊は笑う。

『なんとも忙しない一日であったな』

ため息をつく鳳凰に同意するしかない。

「本当に。こういう感じの日、珍しいよね」

『うむ、いまだかつてなかったことだ。さては麒麟がいるせいか』

『とんでもないことをおっしゃる。鳳凰殿、根拠のない言いがかりはおやめください』

ぶつくさ文句を垂れる麒麟ともども、湊は歩み出す。

街角を曲がっていくその姿を見つめていた人影が一つ。

店舗の陰で息を潜めていたその者も、音もなく足を踏み出した。

第7章　ツムギさんちの事情

方丈町北部にある稲荷神社は、本日も多くの人で賑わっている。

広いとは言いがたい境内はざわめきであふれていても、拝殿にはほとんど届いていない。

拝殿の中、祭壇の前に高く積まれた座布団に、黒い狐が鎮座している。

ここの祭神の眷属――ツムギだ。

彼女の眼前に、装束をまとう男――宮司が立ち、その男越しに簡素な椅子に腰かける中年の男女がいる。

いまその場に、異様に緊迫した空気が流れているのは、悪霊祓いの真っ最中だからだ。

「決して動かないでください」

大幣を持つ宮司は硬い声で、中年の夫婦に言った。

依頼主たるこの二人はともに、数体の悪霊に取り憑かれており、うなだれたその顔色もすこぶる悪い。動くなと言われずとも、ほとんど身動きできないと思われるほど憔悴している。

そんな人間たちを、ツムギは哀れみの眼で見た。

『もう少し早く、ここにくればよかったのです』

だが、それは無理からぬことかもしれない。

悪霊を認識できない者は、霊障は気のせい、もしくは疲れているからなどと決めつけ、気づかないフリをしたがるものだ。

『人間は、理解できないモノを受け入れることはなかなかできないものなのです』

常ならば、すかさず同意してくれる宮司は反応を返さない。厳粛な空気を崩さないよう、必死に祓詞(はらえのことば)を唱え続けている。

『ご苦労なことなのです。そんな長台詞であろうと、なんの効果もありはしないのに』

ころころと笑っていれば、宮司に見られた。

声を出さず口の動きだけで訴えてくる。

御姉様(おあねさま)、お願いしますと。

ツムギは、天狐(てんこ)の大勢いる眷属の頭目であるがゆえにこのように呼ばれている。

ともあれ宮司は、悪霊を祓ってくださいと合図していた。

巷(ちまた)で噂されている〝悪霊絡みにめっぽう強い宮司〟は虚像である。毎回祓っているのはツムギであり、これは彼女に任された仕事の一つであった。

『はいはい、わかりましたよ』

ツムギは気軽に引き受け、軽やかに座布団から飛び降りた。

陽光に満ちた室内は明るくとも、中央一帯はヘドロのごとく黒い。身を縮こまらせる夫婦にしがみつく悪霊が、瘴気をまき散らしているからだ。

そこへ向かっていたツムギであったが、途中で顔を盛大に歪ませた。

『実に汚らしい』

これ以上近づくなんぞ、やめだ、やめ。気分が悪くなる。

くるりとその場で一回転し、豊かな尻尾も振り回す。風が巻き起こり、宮司の長い袖と夫婦の髪がたなびいた。それらが元の位置に戻った頃には、悪霊は瘴気もろとも消滅していた。

それを確認した宮司は、大げさに大幣を振り、それを下ろした。

「身体の調子はいかがですかな？」

祭壇を背に、きらめく陽光を浴びる自信満々なその姿。それを夫婦は浅く口を開けて眺めている。

その二人の眦(まなじり)から、堰(せき)を切ったように涙が流れ出した。

「もう問題ないようですな」

丸まった夫婦の背中を、宮司はいたわるようになでさする。

『当たり前なのです。わたくしが完膚なきまでに祓ったのですから』

嗚咽(おえつ)が響く中、黒い狐は身軽に元の座布団に跳び乗った。


夫婦がしきりに礼を述べて退室したあとも、ツムギは変わらず座布団に座している。正面にしゃちこばって座す宮司を見下ろした。

「――本日の悪霊祓いの依頼は、先ほどの者たちで最後ですね？」

「左様でございます、御姉様」

「ならば、わたくしの役目は終わりなのです。では、そろそろ――」

立ち上がりかけると、即座に待ったがかかった。

「お待ちください、御姉様。今日の夕方、おそらく天気雨となりましょう」

「そうなのですか。珍しくもありませんね」

素っ気なくあしらわれ、宮司は膝立ちになる。

「御姉様、天気雨は世間では狐の嫁入り時の現象と申しますぞ。今日こそ、今日こそ！　よき日取りと思われませんか!?」

「思わないのです」

すげなくそっぽを向かれ、宮司は膝でにじり寄る。

「なぜです！　この先、今日以上にあの方とわたしの祝言に相応(ふさわ)しき日は訪れませんぞ！」

「だったら、挙げなければいいだけなのです」

「い、いやでございます！」

イヤイヤと首を振る悲痛な顔へ、ツムギはものすごく残念なモノを見る眼を向けた。

「あなた、もう結構なお歳になるのではありませんか」

「あと少しで四十でございます。あの方に恋して、おおよそ三十五年。ようやく釣り合いの取れる歳になったでしょう!?」

「いいえ、まったくなのです。全然これっぽちも足りないのです。人間ごときの年齢では到底足りぬと何度も申し上げたでしょう。そろそろ我が神のことは諦めて、同族のおなごに目を向けるべきなのです」

「それはありえません。わが心は天狐様に捧げておりますからな！」

そう、この宮司、天狐に首ったけなのである。

この男は、代々稲荷神社の宮司を担ってきた一族の者で、その宗家の当主でもある。幼き頃天狐に一目惚れし、いまなお独身を貫いている。

ツムギは肺の中がカラになりそうなため息をつく。

「いい加減にしないと、子ができないのです」

「一向に構いません。弟妹のところにおのこはいくらでもおりますから、そのうちの誰かが次の宮司となればよいだけです。ただ――」

朗らかに告げていた宮司の目に、ほの暗い炎が宿った。

「天狐様との橋渡し役は、この命尽きるまで譲りませんぞ」

ごくまれに宮司のみが天狐と逢えるのが慣習となっているのだが、その大役は引き続き己が行うと宣言しているのだ。恐るべき執着であった。

ツムギはまたも盛大に嘆息してうつむく。

「なぜ、あなたの一族の長男はみなそうなのです」

「なにをおっしゃいますか、御姉様。一緒くたにしないでいただきたい。先祖の中にも天狐様に惚れ抜いた者もいたようですが、わたしが一番、天狐様への愛が深く強いと自信を持って言えますぞ！」

「先代もそう言っていたのです」

二代前も、三代前も、その前もずっと。天狐をひと目見てしまえば、みな判で押したように惚れてしまう。そして一様に独り身で生涯を終えるのであった。

ツムギはシミ一つない天井を見上げる。

「我が神のなんと罪深いことか……」

「お美しい方ですから当然といえますな。しかし、誰にもあの方は渡しませんぞ！」

ムキになる宮司を、顎を下げたツムギが冷ややかな眼で見下す。

「渡さないとはなんたる言い草なのです。我が神があなたのモノのように聞こえるではありませんか。そのような物言いは、おやめなさい」

「ですが、わたしはここの最高位に就いている者でございます。それになにより、神に仕える者は神と結婚しているといっても過言ではありますまい！　すでに夫婦と言っても過言ではありませんな！」

「勘違いも甚だしいのです。おととい来やがれなのです」

バチバチと双方の間に幻影の火花が散った。


ツムギも天狐への礼賛がかなり強い。それは『我が神』という奇妙な呼び方にも関係することなのだがそれはともかく、天狐が異様にモテるのには辟易している。

この宮司の一族も厄介な部類ではあるが、彼らのおかげで天狐への信仰心が天井知らずなのは否定できない。ありがたくはあるのだ。

ゆえに毎度宮司の無駄話にも我慢して付き合っているのだけれども、いかんせん話が長い、長すぎる。

川の流れのように途切れない言の葉を右から左へ聞き流す、その表情は中間管理職並みにうみ疲れている。

――このしつこさ、あの稲荷神の眷属と同じなのです。

ふいに思い出してしまい、ツムギは苛立った。

いや、アレがこの宮司と同じ粘着力を誇るからこそ、いっそう相手をしたくないのかもしれない。

ツムギはそれなりに永い時を生きてきたモノである。

ゆえに白い狐が己に向ける感情に、恋情がたぶんに含まれているのをむろん察している。

――面倒なのです。

そのひと言に尽きる。昔から多数の男神(おがみ)ならびに人間の男が天狐に惚れて競い、争ったあげく、身を滅ぼしていったのを間近で見てきた。

そのためツムギは、恋愛絡みを徹底的に避ける傾向がある。

ツムギは天狐と同じように男に惚れられやすいため、適当にあしらうのは慣れている。

が、かの若造はかつてないほどにしつこかった。

考えれば考えるほど疲労が増す中、ふと頭にきらびやかな露天風呂が浮かんだ。

――ああ、楠木邸へいきたいのです。

入れば疲れが吹き飛ぶ泉質もさることながら、かの庭の空気感は大変好ましい。あそこの管理人――楠木湊の人柄を体現したかのような、ゆったりまったりと時間が流れるあの庭が恋しい。

なんとなく惹かれてかの一軒家を訪問して以来、虜になってしまった。

決して我が家に不満があるわけではない。慕ってくる下のモノたちはかわいい。けれども時々無性に〝御姉様〟の荷を下ろし、ただのツムギに戻りたくなるのだ。

それが楠木邸ではそれが叶う。付かず離れず、居心地のよい時を過ごさせてくれる。病みつきになってしまうのは、致し方ないことであろう。

とはいえ、毎日のように押しかけるのはあまりに厚かましいであろうから、自重している。

――前回の訪問から一週間以上開けましたので、そろそろいい頃合いでしょう。

なんとなく今日は、いなり寿司が待っていてくれそうな気がする。きっと湊のことだ、蕎麦いなりもつくっているに違いない。近々つくると先日言っていたではないか。

つい、蕎麦いなりの味を思い出してしまい、腔内に唾液がにじんだ。

他の眷属たちにたいそう羨ましがられるが、こればかりは悪霊祓いを一手に引き受ける己の特権である。

あのストーカーのせいで大変迷惑をかけてしまったが、お人好しの湊なら真摯に謝罪すれば許してくれるであろう。

ツムギが脳内で幾度も頷く間も、宮司の天狐称賛は続いていた。

「次に天狐様とお逢いできるのは、いつになるでしょうか……。いえ、決して催促しているわけではございません。いつでもあの方の、美の化身たる御身は頭に思い描けますので！　しかしながら――」

いい加減にしてほしい。これ以上、付き合っていられない。

突然、ツムギが決然と面を上げると、機関銃のごとく話していた宮司が口をつぐんだ。

「わたくし、いかねばならない所があるのです」

腰を上げたその身から、ゆらりと陽炎めいた神気が立ち上る。

邪魔立てしようものなら、地獄を見せてくれるわ。

と圧で脅しをかけている。

青ざめた宮司は即座に平伏した。

「な、長々とお引き止めして申し訳ありませんッ。いってらっしゃいませ、御姉様ッ！」

「ええ。それでは、ごきげんようなのです」

ちゃっちゃやっちゃっ。爪音を鳴らし、板張りの床を歩む黒い狐の足取りは、進むごとに加速していった。

○

音もなく塀の上に黒い狐が現れた。それを、湊は渡り廊下を歩いている最中に見た。

珍しいと思った。そこからツムギが現れるのは、最初にここを訪れて以来になる。それだけ気が急いているのだろうか。

庭の変貌ぶりに眼もくれず、ひたすら露天風呂のみを注視し、塀の上で足踏みしているからだ。よほどお疲れらしい。

「湊殿、先日は大変申し訳ありませんでした」

覇気はなくとも、律儀に謝罪してくる。

「気にしてないよ。いらっしゃい」

笑うと背後の大きな尾がゆらゆらゆれた。

けれども、疲労感は隠せていない。ぜひともひとっ風呂浴びるといい。空に湧く雲のように湯気の立つ露天風呂も、快く彼女を迎え入れることだろう。

湊は役者めいた大仰な仕草で、庭の片隅を指し示した。

「とりあえずお風呂へどうぞ」

ツムギが頭部を引いて、言葉に詰まった。しかしそれも一瞬のこと。

「お邪魔しますなのです。ありがとうなのです……!」

万感の思いを込めたような声であった。

湊の心には同情しか湧かない。心の内を漏らさない彼女が温泉で癒やされるというのなら、好きに利用すればいい。

まっしぐらに駆けて露天風呂に飛び込む様は、かけつけ一杯ならぬかけつけ温泉でも、湊は気にしない。

ここの主がそうならば、クスノキの下でうたた寝中の山神も、池を泳ぐ霊亀と応龍も、石灯籠にこもる鳳凰とカエンもとやかく言うことはなかった。

渡り廊下に佇む湊は己の手をじっと見た。

「朝から握ったいなり寿司の匂いがついてるのかな」

嗅いでみるも、微塵も匂わない。

「ほんといいタイミングでくるよね」

彼女の好物をたんと用意しておいてあげよう。


温泉上がりの黒い狐の被毛は、つやっつや、双眸（そうぼう）もキラッキラ。神もかくやの後光まで放ち、クスノキの優しい木陰を隅々まで照らす勢いである。

座卓についていた湊は朗らかに、横臥した山神は半眼で、対面にちょこんと鎮座したツムギを見つめている。

「たいっへん！　よき湯加減だったのですッ！」

いたく拳の入った感想で、湊は笑う。

「それはなにより。ところでお腹空いてない？」

「ええ、ほんの少し空いているような気がするのです」

澄ました言い方だが、餓（う）えた獣の眼で座卓を凝視している。いなり寿司と蕎麦いなりが、大皿いっぱいに並んでいるからだ。

ひとまず凝視するのはやめるがよいと、山神が言いたそうだが、よそ様の眷属ゆえか、その口が開くことはなかった。

「お好きなだけどうぞ」

「いただきますっ」

湊に促され、ツムギが食らいついた。

とはいえ所作は上品である。セリとトリカ同様、器用に箸を使いこなし、ゆっくり顎を動かすその相貌が咀嚼の都度、とろけていく。

「本日の五目いなり寿司も実に美味しいのです。人参、ごぼう、蓮根、椎茸それぞれの食感がとても楽しい。その味つけを引き立たせるべくお揚げさんはいつもより薄味なのですね……。絶妙な味のはーもにーなのです……！」

相変わらずの食レポを交えつつ、じっくり味わっている。

その正面で、山神は小ぶりなケーキを眺め回している。

こちらは、昨日購入した抹茶レアチーズケーキである。

白と緑のマーブル模様をした断面の最下層はタルトとなっている。その間に小豆がちらほらお目見えする、和と洋のいいとこ取りをした一品である。

かたやお食事、かたやお菓子。〝好きな物を好きなだけ〟が基本スタンスの楠木邸の食事会は、メニューに一貫性がない。

大狼は頭を左右へ傾け、ケーキを見ながら唸る。

「このけーきは、ずいぶんと和菓子とは違うものよな。ぬぅ、やけに華美ぞ」

「そうかな？　宝石みたいな果物がぎっしり乗ったタイプに比べたら、かなりシック——慎ましい雰囲気だと思うけど」

いまだ横文字を話すのにはためらいがある。

ちらりと上目で見てくる山神の眼が、その程度のことを理解するくらいお茶の子さいさいぞと訴えてくる。

口角を上げつつ、湊は緑茶を淹れた。

なんともミスマッチであるが、山神は珈琲(コーヒー)、紅茶、ジュースなどは一切飲まないからだ。なお同じケーキを前にする湊は、馥郁(ふくいく)たるアールグレイを選んだ。

「ま、食べてみてよ。昨日お店で味見させてもらったんだけど、おいしかったよ。たぶん山神さんも気に入るんじゃないかな」

試食として丸々一個食べさせてくれたのには驚いた。

太っ腹な試食もさることながら、販売員に涙ながらに『おまけでござる。ぜひともお持ちくだされ……！』と焼き菓子を山のように持たされたのは、解(げ)せなかったけれども。

しかしながら、四霊の加護による効果でそういうことは多々あるため、湊の記憶にはさして残らない。

が、今回の品を山神が気に入ったあかつきには、新たな行きつけとなるだろう。

それを販売員が渇望しているのをあずかり知らぬ湊は、パカリと開いた大狼の口へ半切れのケーキが放り込まれていくのを見守った。

果たして、偏食の山神の判定はいかに。


もぐり。咀嚼した瞬間、金色の瞳に流星が走った。

ブルブルと震えるその全身から粒子がこぼれ落ち、床に降り積もる。

感動を表すせいか、その金の積雪はなかなか消えず、あろうことか雪崩(なだれ)と化してツムギを襲った。

「眩しいのです」

いともたやすく尻尾で押しやられ、ふんと山神が鼻を鳴らす。

「ぬしは我のことをとやかく云えまいて。――それはともかく侮れぬわ、この抹茶れあちーずけーきとやらはっ……！　抹茶のほろ苦さと濃厚なちーずがここまで相性がよいとは予想外ぞ。この下に敷き詰められた大粒の小豆もふっくらとして、実に、実によきあくせんとになっておるわ」

眼を閉じてとことん味わい、嚥下(えんか)した山神はまたも唸る。

「ぬぅ、この食感の豊かさは小豆の形が残っておるからこそよな。こし餡(あん)であればこうはなるまい……」

「そこは必ず考えるんだね」

ひたすら感心するしかない湊に、山神が鷹揚(おうよう)に頷いた。

「こし餡派として、譲れぬところゆえ」

「なるほど。ま、おいしかったんだよね？」

「うむ」

ぶんぶんと振られる尻尾を、目を細めて見やる湊はフィナンシェをパクついている。

「あ、これもうまい。アーモンドの風味が強くて香ばしいから、セリたちも好きそうだ。あとでお裾分けしにいこうかな」

なにぶん多く、一人では消費しきれない。

「彼らはフィナンシェが好きなのですか？」

ツムギが新たないなり寿司へ箸を伸ばしつつ、尋ねてくる。

「フィナンシェだけじゃなくて、洋菓子全般を好むよ。和菓子は食べないことはないっていう感じだね」

「では、山の神とは嗜好(しこう)が違うのですね」

「そうだね。ツムギのとこは？　天狐さんと同じ好みなの？」

「そうなのです――」

突如、ツムギの額の色が白から赤へと変わり、尻尾も九本に増えて扇状に広がった。

「さほど違いはないのぉ。ほぼ同じじゃ」

ニィと口角が吊り上がり、その眼も弓なりに反った。

相も変わらず、前触れもなく天狐がツムギの体に入ったのであった。

ふふふ、と妖しい笑声がするや、湊の背筋が粟立つ。黒き狐から漂ってくる壮絶な色香にめまいもしそうで、

「うぐっ」

食べかけのフィナンシェを喉に詰まらせた。

「こぅちゃぁ……！」

つかみ取ったカップを呷る間、その場にブリザードが吹き荒れた。その発生源たる大狼の背毛が、ハリネズミのごとく毛羽立つ。

「このあばずれが、またも勝手に入って来おったなッ！」

地を這う重低音で責められようと、どこ吹く風の黒い狐は顎を上げる。

「わらわをそのように呼ぶでないわ、人聞きの悪い。それはそうとソナタ、喉は大丈夫かえ？」

思いがけず労られた湊は、気合いで咳を止めた。

「だ、大丈夫です……！　ちょっとびっくりしただけです」

へらりと笑って返すと、じっと凝視された。黒い狐の方が低い位置にいるにもかかわらず、見下されているような気になる。

そして相対した獣の瞳が縦に絞られると、一挙に身にかかる圧が増した。

「っ」

四方から押しつぶされそうな強さに総毛立つも、湊は己を奮い立たせた。

しかしその身体、目つきに大きな変化はない。

天狐に惚れた様子は毛ほどもない。

天狐は唐突に神気をゆるめ、その場に渦巻く己が気配を蹴散らすように尻尾を払った。

「ふむ、正常じゃな」

妙に機嫌がよさそうで、湊は困惑する。

「はぁ、まぁ、なんとか……？」

「むろんぞ」

山神が強い口調で横槍を入れた。その言葉に別の意味が含まれているような気がして、湊が見やると、大狼は実にいやそうに黒い狐を睨めつけていた。

「なんのつもりぞ。ろくでもない神気を大量に垂れ流しおって」

黒い狐は体を小刻みに震わせ、妖しく嗤う。

「もちろん、確かめたのじゃ。わらわとじかに逢っても問題ないかをな」

その額の紋様が、一瞬にして白に戻った。

途端、頭上から雨だれの音が聞こえ、湊は空を見上げる。目の醒めるようなスカイブルーに、雨雲の影も形もない。

けれども山側――正確にいえば、天狐が住まう山側の景色が蜃気楼のごとく歪んだ。

「あっ」

ポツッと虚空に丸い穴が開いた。じわじわと四方へと広がり、向こう側の景色が見えてくるにつれ、湊の目も広がった。

黄色に輝く池に咲き乱れる蓮の花、樹林が囲うなだらかな階段の上にそびえる、煌びやかな楼閣。

「ご、極楽浄土……？」

そう言われても、納得しかない荘厳さであった。

呆ける湊の鼓膜をさらなる雨音が打つ。他の音が聴こえないほど大きく、堪らず耳を塞ぐも、その視線は逸らさない。

――シャン。

甲高い鈴の音が鳴った。

するりと極楽浄土を思わせる空間から二匹の狐が出てきた。間近できちんとお座りして眺めているツムギと変わらぬ体格をしている。

眷属なのは紛れもない。だが色は異なっており、白に近い。

その狐たちが開いた空間の縁に沿ってまっすぐこちらへ向かってくるや、同体のモノが次々と続き列をなす。最初の二匹が楠木邸の塀まで到達し、そこに座った。

狐はさらに増えて二段、三段と高さも築き、二枚の壁となって一本の道を作り上げた。狐の双璧ともいえるそれらは異様に高い。

まるで外からの視線を一切拒むように。

湊がそう思った時、極楽浄土めいた景色から七色の光が四方へと放射された。

むろん天狐がいでますに違いない。

聴覚の次に視覚まで攻撃され、湊は顔面を覆う。

「は、派手すぎるっ」

嘆くその声に導かれるように、黄金の輝きが現れた。九つの尾を持つ、白き狐である。その巨軀は山神と大差ない。あたりをことごとくを灼き滅ぼしかねぬ眩さをまとい、しずしずとやってくる。

「主、お早くっ！」

「主様っ、お急ぎになってくださいまし！」

「アルジ、いそいで、いそいで〜！」

壁の眷属たちが口々に言おうと、天狐の歩行速度は微塵も変わらない。

「そう急かすでない。ひさびさに己が足で歩くとダルいのぉ」

気だるげに眼を細め、動きも最小限のその挙動は、冬眠明けの野生動物さながらであった。

「天狐さんは、あんまり外に出ないんだっけ？」

湊が小声でツムギに訊くと、やや眼を逸らされた。

「――ええ、まぁ……」

妙に歯切れの悪い返答であった。

「あやつは出かけぬに越したことはないゆえ」

山神も深々とため息をついた。

その理由を問うていいものか、悩む湊の傍らで、大狼が身を起こす。出迎えのためであろうが、そのすこぶるのろい動作と相貌でいやいやとまるわかりである。

「山の神よ」

凛とした声色が響いた。

塀の上に座す、二匹の狐のうちの片方であった。ともに深く頭を垂れる。

「伏してお願い申し上げます。どうか主の訪問をお許しください」

「山の神よ、どうか、どうか、お願いいたします」

切実な願いを込めた物言いであったが、

「ぬぅ……」

山神は唸るだけだ。その顔面はかつて見たこともないほど渋い。

湊は気軽に口を挟めなかった。二神の確執の原因を知らないからだ。

とはいえ天狐に対して険悪な態度を取る山神だが、その眷属であるツムギには普通に対応し、家にまで招き入れている。

ならば、心底天狐を拒絶しているわけではないのだろう。

考えているうちに、天狐は塀の寸前まで迫っていた。

あと数歩の位置で、天狐はまっすぐ湊を見た。

「お邪魔してもよいかの？」

湊は山神を一瞥するも、その口が開かれることはない。おどろおどろしい神気を発しはじめたけれども。

迷った時間は一秒にも満たなかった。もとより神様を門前払いなぞできるはずもない。

「はい。どうぞ、お入りください」

大きな三角の耳がぴくりと動き、天狐は九つの尾をなびかせ、大口を開けて笑った。

「では、うかがうとするかの。みなも来やれ」

はい、と眷属たちの大合唱とともに、天狐の前足が境界を越えた。

「ぬしは向こうぞ」

地鳴りとともに山神の声が響いた。

天狐の前足が突風によって払われ、その身も横方向へと吹っ飛ぶ。瞬時に虚空に穴が開き、そこへ巨体が吸い込まれていった。

「ちと席を外す」

その言葉を残し、駆けた大狼も穴に飛び込んでしまった。

「え、ちょっと、山神さんっ」

腰を上げた湊に向け、ツムギは平然と宣う。

「湊殿、なにも心配はいりません。山の神が新たな神域をおつくりになって、我が神をご招待してくださっただけなのです」

中腰で湊が尋ねる。

「タイマンを張るために？」

「運動をするために、なのです。我が神は運動不足気味ですので、ちょうどよかったのです」

「――そっか」

人間である湊からすれば血の気が引く戦いでも、神の類にとっては些末な運動にすぎないらしい。

「じゃあ、まぁ、いいのかな。放っておいても」

「なのです」

「あ、眷属のみんなは……」

こちらは事態についていけなかったらしく、塀の手前で固まっていた。

ハッと一斉に我に返ると、ツムギに向かってキャンキャン吠え出した。

「御姉様っ、主様が！」

「どうしましょう、御姉様！」

「御姉様、なにを悠長になさっているのです！　主の一大事ですのよー！」

「みなのもの、鎮まるのです」

威厳のある声に一喝されるや、ピタリと大人しくなった。そんな一同を見渡し、ツムギは淡々と告げる。

「なにも心配いらぬと申したのです。いま我が神は山の神の神域内にいるのですよ」

「あ、そうでございますわね」

「――ああ、ではもう心配はいらないのですね」

眷属たちはあからさまに安堵したようだ。

その理由を聞きたいが、ひとまず家に入ってもらうべきだろう。

狐の大群に敷地外を占められていては、湊の方が落ちつかない。すでに天狐の神域の入り口も閉ざされているのだ。

「それよりみなのもの、湊殿にごあいさつをなさいなのです」

ツムギも促してくれた。


かくして庭は、狐だらけになった。

クスノキの下、渡り廊下、縁側、池の外周。ことごとく狐で埋まり、「お初にお目にかかります」と声を合わせてあいさつされ、大気がゆれた。さしもの湊も顔面を引きつらせながらあいさつを返した。

「まさかここまで眷属が多いとは思ってなかったよ」

「いっぱいいる、と以前申したのです」

座卓を挟んだツムギがころころ笑う。

「あの時、数をはっきり言わなかったのは、じかに目にしたら驚いてもらえるだろうと思ったからなのです」

「ほんと驚いたよ」

会話を交わすふたりの周囲にも狐がひしめている。いちおう多少の隙間は確保されているものの、圧はとんでもない。

そのうえ一様に、女性である。艶(つや)めく肢体に、長いまつげをしばたたかせ、見上げてくる女衆にタジタジとなってしまう。

しかも彼女たちは遠慮がなかった。

「あの、湊様。こちらの温泉はとても素晴らしいと、御姉様からお聞きしておりますの！」

「ですのでわたくしたちも、ぜひぜひ堪能したいのですわ」

「お湯をいただいてもよろしくて？」

「あ、はい、どうぞ」

許可するやいなや、露天風呂を前のめりで囲っていた狐たちが飛び込んだ。さらに――。

「あのう、湊様。こちらのいなり寿司と蕎麦いなりも、顎が落ちそうなくらい美味だと御姉様にお聞きしたのですけどっ」

座卓の大皿に尖った鼻を寄せつつ、一匹が言った。

ごくり。同様の体勢をとる狐たちが喉を鳴らす。

「えーと、これは天狐さんへのお土産用でもあったんだけど……」

多めにつくっていたのだが、とてもではないが全員には行き渡るまい。

「御姉様、わたくしたちがいただいたらいけませんの？」

うるうると潤ませた数多の眼を向けられるも、ツムギは冷静に答えた。

「蕎麦いなりを五つ残しておけばよいのです」

「さすがですわ、御姉様！」

「御姉様、お優しい！」

称賛しつつ、食らいついた。ブルッといくつもの尻尾が震える。全員が勢いよく振り返った。

「湊様っ、まっことおいしゅうございますわ！」

「ほんっとうに！　舌がとろけちゃいそうですのッ」

「どうもありがとう」

あまり絶賛されるとさすがに照れくさく、後頭部をかいた。

「お腹いっぱい食べとうございまする！」

「完全に同意ですわ！」

まったくもって遠慮のない連中には、から笑いするしかない。

「――ん？」

ふいに逸らしたその目が奇妙な物体を捉えた。

波のように露天風呂へ移動する狐の流れに逆らう一匹がいる。狐は一様に白い体毛をしているのだが、その合間に茶色が見え隠れしている。右へ左へ押し流されつつも、こちらへ向かってきているようだ。

「ぷはっ」

ぴょっこり、白い狐たちの上に茶色い頭部が飛び出した。

「あ、子狐だ」

他の成獣であろう狐に比べて半分以下しかなく、あどけない顔をしている。苦しそうなのを見かねて腕を伸ばすと、手のひらに乗ってきた。

身軽に腕を伝って肩から飛び降り、膝に乗る。しかと視線が合うと、双眸を細めて笑った。

「はじめましてなんだじょ、ミナト！」

全体的に赤錆色で腹側は白く、耳と四肢は黒い。

太い尻尾の先は白という、典型的なアカギツネカラーの子狐であった。

その配色もさることながら他の狐と少し違って見えた。

「うん、はじめまして。もしかしてキミ、男の子？」

「よくわかりましたね、湊殿。その通りなのです。我が家唯一のおのこなのです」

ツムギが説明すると、子狐は胸を反らす。

「そうだじょ！」

くるりと身を反転させ、背中で寄りかかってきた。非常に人懐こい。

湊はつい、その頭部を包むようになでた。厚みはあれど、幼体特有のふわふわとした毛質で、さわり心地は抜群であった。

「そっか。キミ男の子でもずいぶん甘えん坊さんみたいだね」

「キミではなく、メノウと呼ぶんだじょ。ワレはまだ子どもだから甘えても許されるのだ。ミナト、もっとヨシヨシするんだじょ」

「はいはい、メノウのお望みのままに〜」

子狐に触れられる機会なぞ、まずない。とくと堪能せねばなるまい。

わしゃわしゃと首周りをかくようになでるとキャラキャラ笑い、尻尾も縦横無尽に動き回った。

「おお、びっくりした。狐もこんなに尻尾を振るんだね」

「ええ、まぁ、そういう個体もいますが、その子はとりわけ尻尾に感情が出やすいのです」

ツムギが半眼で子狐を見た。

「メノウ、あまり湊殿に甘えてはいけないのです。己がお邪魔している立場なのを忘れてはならないのです」

「だって御姉様！」

メノウは尻尾を振り回して、不満をあらわにする。

「ミナトはちゃんとワレを見て、構ってくれるんだじょ！　御姉様たちはおろか、あの主を見ても惚れない、こんな人間は貴重なんだじょ！」

「――いまなんて？」

聞き捨てならぬ台詞に、湊は動かし続けていた手を止めた。

メノウは頭を手のひらにこすりつけてくるだけで、話にならない。ツムギを見やると、ジト目になっていた。

「ええ、ほんとなのです。そこは同意するのです」

据わった眼をして、いかにもうんざりといった態度だ。そのうえ先ほどの眷属たちによる過剰ともいえる防壁を思えば、考えつくのは一つしかなかった。

「天狐さんは異常にモテるってこと？」

「はい、いやになるほどに」

温泉で生気を取り戻したツムギであったが、元の煤けた状態に戻ってしまった。苦労してきたことがうかがえた。

　ツムギはうつむきがちに言葉を続ける。

「我が神がほんの少しでも出かけようものなら、その姿を見たモノは必ずといっていいほど、恋に落ちてしまうのです」

「それはそれは……。ちなみにモノというのは人のことなの？」

「いえ、人間だけではないのです。神や妖怪、時には野生動物もなのです」

　先ほど天狐が湊を『正常』だといってうれしそうにしていたのは、己が惚れなかったからに違いない。

　湊的には、神様は次元が違う存在であり、恋情を向ける対象ではない。その前にそんなこと頭にもなかった。

　しかし思えば、播磨の先祖は神様と契っているらしいし、世の中いろいろな人間がいて当たり前かとも思った。

　その時、開いたままになっていた新たな神域の入り口から轟音（ごうおん）とともに山神と天狐の声が聞こえてきた。

「このあばずれが！」

「その不名誉な呼び方、やめぃ！」

「そも、ぬしが無駄に色気を放つゆえ、惑わされるモノが後をたたぬのであろうが！」

「放ってはおらん。勝手に漏れておるだけじゃ」

土がえぐれる爆音と打撃音がした。

「それになにより、もとはといえばぬしがあらゆる相手に気を持たせる態度をとるゆえぞ」

「――最近はかような遊びはとんとしておらんわ」

ややバツが悪そうな言い方であった。

湊は知ってしまった。天狐自身にも大いに問題があったことを。

山神の苛立たしげな声はまだ続く。

「我を巻き込むのはいい加減やめるがよい。ぬしのせいでいかほど迷惑を被ってきたか、思い出すのも腹立たしいわ」

「いやじゃ。ソナタの神域に入り込めば、誰もわらわに手出しできんからのぉ～」

「この小娘めがッ、我が家を避難所扱いするでないわ！」

唸りを上げる風音を上回る山神の大喝が聞こえたあと、穴が引き絞られて小さくなるにつれ、声も聞こえなくなった。

おそらく山神はあえて天狐との会話を聞かせたのだろう。

静まり返った庭には、クスノキの葉擦れの音だけがしている。しばしの沈黙を破ったのは、ツムギであった。

「――誠に申し訳なく思っているのです」

いたたまれない様子の彼女を、責めるなぞできようはずもない。

「うん、まぁ、あれだよね。モテすぎるというのも大変なんだろうね」

何事もなかったように話題を戻すと、ツムギはホッとしたようで、話に乗ってきた。

「ええ、手段を選ばず我が神を手に入れようとするのです」

「――想像しただけで恐ろしい……」

相手が野生動物や人間ならいざ知らず、神や妖怪となったら厄介なことこの上なかろう。

「もちろんわたくしが、かようなことは天地がひっくり返っても許すはずもないのです」

暗雲を背負うツムギの眼光が光り、湊は上半身を引いた。膝上の子狐のぬくもりがありがたかった。

が、その愛らしい子が不敵な笑みを浮かべた。

「御姉様は最強なんだじょ！」

こましゃくれた態度が気に入らず、そのぽっこりお腹をうりうりなでた。子狐がまたきゃっきゃと転がるなか、湊はしみじみ思う。

「天狐さんは魔性の方だったんだね」

「まったく否定できないのです」

湊は敷地外を見渡した。空は快晴、怪しい影はどこにも見当たらない。

「いま外に誰もいないよね？」

「はい、いまのところ。それにたとえすとーかーがいたとしても、ここをのぞくことはできないのです。山神殿が完璧にしゃっとあうとしてくださっているのですから」

ツムギは穏やかな雰囲気になった。

「そっか」

やはり彼女はそのことを理解して、ここを訪れていたのだ。


ツムギが庭を見渡した。

露天風呂ではしゃぐ眷属たち、大皿に残った五つの蕎麦いなりを嗅ぎまくっている集団、円を描いて大池を泳ぎ、流れるプールにして遊ぶ一団。それらを順繰りに眺め、眼を細めて尻尾をゆらめかせた。

湊は改めて思う。これだけの数の眷属を束ね、天狐の雑事も一手に引き受けているであろう彼女が、ここで心安らかに過ごせるならいいのではないかと。

湊も一様に眺め、小さくなった穴で視線を止める。

途端、そこが広がり、のっそりと大狼が出てきた。

「まったく……無駄に疲れてしもうたではないか」

毛がボサボサで、泥だらけである。そのあとに続けて出てきた天狐も同様に。

「ソナタが無駄に元気になったせいで、時間を食うたではないか」

「ぬかせ、小娘めが」

「もう小娘ではない。わらわは立派な淑女じゃ」

口答えしつつも、どこかすっきりとした様子だ。山神の力量に不満を隠さなかった前回とは、まったく異なっている。

力が増した山神は、天狐と互角に戦えるようになったのだ。

口角を上げる湊の膝で、丸くなった子狐はのんきな寝息を立てた。

第8章 旧交をあたためる、第二弾

よっぱらい山神による神の庭の大改装にともない、手水鉢もしれっと場所を移っていた。

クスノキを囲う板張りの床の手前、渡り廊下の脇である。

池の中に浮いているという摩訶不思議な状態であっても、いまさら湊が驚くはずもない。

仕事上がりの一杯をいただくべく、筧から流れ落ちる水をグラスで受け止める。

ひと口、口に含むや、ピカリとその頭上に稲妻が走った。

「今日は、伊吹（いぶき）さんちの御水だ」

自信満々なその斜め後方――クスノキのそばに伏せる大狼が片眼（かため）を開けた。

「ほう、水の味の違いがわかるようになったか」

「うん、伊吹さんの神気が含まれてるから。合ってるよね？」

「左様、今日はあの爺（じじい）の所の水ぞ」

双方、爺（じじい）と罵り合う、伊吹山を御神体とする猪神のことである。

先日、この水とみかんを送ってくれたお礼をウツギが届けにいった折、まんまと囚われ、おびき寄せられた山神に随伴した湊も邂逅したのであった。

神話では、荒ぶる側面しか記されていない猪神ゆえに緊張しきりの湊であったが、実際はそんなこともなく。至って温和で眷属にすこぶる甘い神であった。

帰り際に〝伊吹さん〟と呼ぶことも許してくれたのだ。


それを思い出しつつ、湊はもう一口水を飲んだ。

「喉越しがいいな。昨日は少し甘みがあったから、山神さんちの御水だったと思う。あってる？」

「左様」

「じゃあ、あとの二つはどこの御水なんだろう……」

「さてな」

寝返りを打つ山神は教えてくれる気はないようだ。


この筧から流れる水は日替わりで、四箇所――四山の名水を楽しめるようになっている。


湊は虚空を見つめながら、グラスを傾けた。

「片方の御水は飲んだことがあるような気がするんだけどなぁ……」

『この国で一番高い霊峰の水ですよ』と自慢げに麒麟が語っていたのだが、当時の湊では聞き取れておらず、かの有名な山に思い至るはずもない。

ともあれ湊が視線を落とすと、花手水が迎えてくれた。

水面に浮かぶ、蓮の花々。真白な花びらを広げて、楚々とした佇まいながらも存在感が際立っている。

いつの間にかダリアから蓮に変わり、幾日も経過したにもかかわらず、枯れることはおろか、しぼむこともない。

自然界ではありえない花々にただ感心していると、クスノキの梢（こずえ）が風にそよいで音を立てた。弾くように動く枝もあり、いかんなく異質さを発揮している。

それを眺めていれば、自ずとある植物が想起された。

「伊吹さん、というかヒサメのとこのマンドラゴラ、変わってたよね」

猪神の眷属たるうりぼう（ヒサメ）が栽培していたマンドラゴラ。西洋の伝説・伝承でお馴染みの存在は、実に奇っ怪な生物であった。

眼があり、手もあり、己が意思で動いてもいた。

あの時は土から出てこなかったから見てはいないのだが、ヒサメ曰く、走り、歌い、どころかほかの植物の世話までするという。

にわかには信じがたいと思っていれば、大狼が唸りを上げ、首を横へと振った。

「あの妙ちきりんなマンドラゴラを、ウツギが一向に諦めぬ」

「ウツギ、まだ粘ってたんだ……」

いたくマンドラゴラに心惹かれたウツギは、伊吹山から戻るやいなや『我も育ててみたい！』と山神に直談判していた。

　が、山神は頑として首を縦に振らなかった。

「マンドラゴラを育てるのは、そんなに難しいの？」

「――そう、聞いておる」

「直接は知らないいんだね」

「左様。アレは異国の神がつくりしモノゆえ」

　大いなる秘密をさらりと暴露し、山神は深々とため息をついた。そして己が御神体を見やる。その視線の先に、ウツギがいるのかもしれない。

「我もよく知らぬ。――ゆえに知らねばならぬ」

　ゆるぎない発言を聞き、湊は笑顔になった。

「そっか」

　山神は訝しげに顔をしかめる。

「なんぞ？　やけにうれしそうではないか」

「山神さんのことだから、ただ頭ごなしにダメって言うだけじゃないと思ってたんだよね」

「――うむ」

　尻の座りが悪そうに身動ぎしたのち、ふっと鼻先を裏門へと向けた。呆れ気味につぶやく。

「また来おったか……」

「また？　誰が？」

湊が不可解そうに尋ねた言葉に被せるように、

「ピンポン、ピンポ～ンっ」

と奇妙なチャイムの音がした。

どう聞いても機械音ではなく、湊は目を見張る。

「まさか、自分でチャイムの音を出しているのかな」

「左様、ちと変わったやつであるが害はない。手水鉢の花の出所たる神ぞ。出迎えてやるがよい」

「わかった」

レイアウトが変更になり、いったん渡り廊下を通って、ぐるりと外周を周っていかねばならない。

待たせるわけにはいかぬと湊は小走りで裏門に達し、そして格子戸越しにその御身を見た。

どっしりと鎮座する、四つ足の獣だ。

その身を包む体毛は長く、背面は灰褐色、腹面は白色。

ツートンカラーの、狼であった。

山神よりひと回り小さいため、かなり印象が異なる。体毛の色もさることながら、何よりその佇まいだ。

いくつものひまわりとマリーゴールドを背負っている。

少女漫画の住民か、と口をついて出そうになったが、すんでで喉奥に押し込んだ。

「いらっしゃいませ？」

胡散くさい笑みを向けると、狼は口を浅く開け、爽やかな笑顔を浮かべた。首を振ってシャラッと体毛をなびかせる。

「やあ、はじめましてだな、人間！　いや――」

ちらっと表札を見た。

「楠木ちゃん！」

お、おうと胸中で怯みながらも、「はじめまして」と愛想笑いを返す。

そんな湊を狼は真正面から見つめた。

「我が名は大口真神（オオクチマガミ）。以後お見知りおきを」

日本狼が神格化した存在は、その名の由来となった大口を開けて宣った。


スタスタと湊の前――渡り廊下を進む真神が、山神に声をかける。

「御爺（おじい）、新しい花を持ってきたぞ～」

「先日、ぬしが持ってきた花はまだまだ元気にしておるぞ」

「もう見飽きたろう？　花はなるべく毎日交換して愛（め）でたくなるもんっしょ」

軽い口調に合わせ、その背に浮かぶ花々もゆれる。

「あ、ちょい元気なくなってるじゃんか」

花手水をのぞき込みながら真神が言うと、のそりと山神が起き上がった。

「どれどれ」

山神もこちらへ来て、二体の狼の間から湊も眺めたが、花はただ美しく咲いているようにしか見えなかった。

が、神々の眼には違って視えていた。

山神は伸ばしていた首を引っ込める。

「ぬぅ、確かにちと生気が抜けておるわ」

「でしょ？　んじゃあ、交換、交換っと」

笑った真神が、ぺぺッと前足を払うように振ると、蓮の花々がパチンと弾けて消失した。真神の斜め上に浮遊していたひまわりが、ポトンと手水鉢の真ん中に落ちる。

「まずはこの、一番大きなひまわりを挿してっと――」

「否、まずはぬしの右に浮いておる、やや小ぶりなひまわりを挿すべきぞ」

「なにいってんの御爺、主役の位置から決めなきゃダメに決まってるじゃん」

二神の間に一気に不穏な空気が流れ、湊は速攻距離を取った。

眼の据わった山神は地割れが起きそうな重低音を発する。

「小僧、ここは我の住まいぞ。我流で生けるのが筋であろう」

「それもそうか。んじゃあ、御爺のおすすめのこっちの小さいひまわりちゃんからにするよ」

「うむ、よかろう」

あっさりもとのお花畑空間に戻った。

「仲のいいおじいちゃんとお孫さんみたいだ……」

ボソッと湊がつぶやくと、豊かな二本の尻尾がパタパタ振れた。

「よーし、生け終わり〜。だいたいこんなもんっしょ」

「うむ、よきよき」

満足気に傾いた二神が左右へ移動すると、湊の視界に新たな花手水が映った。

ひまわりとマリーゴールドが華やかなドームを築いている。

「形もいいけど、ビタミンカラーがいいよね。見ただけで元気なれるよ」

顔を綻ばせる湊を見て、ニパッと真神が笑う。

「お気に召してくれたようでなにより！　それはそうと――」

言葉を切り、庭を見渡して真顔で宣う。

「ここの庭さぁ、色少なすぎじゃね？　ほぼ緑しかないじゃん」

「むろん。あえてそうしておる」

すかさず山神が答えた。ひどく緩慢にゆらめく尻尾がやや不機嫌さを物語っている。されど真神は意にも介さない。

「なんでよ、寂しいじゃん。広い池は泳げるからいいだろうけどさ、もっと派手にしようぜ〜。この小さい手水鉢だけの花じゃ全然足りないって！」

足を踏み鳴らす真神を山神は冷めた眼で見やる。

「ぬしの住まいのごとく極彩色の花だらけなんぞ落ちつかぬわ」

ちちち、と真神は前足を小刻みに振る。

「いまは花だけじゃないんだな、これが！　ここ百年くらい珍しい植物の方にハマっててさ、そっちの方に力を入れているからいまはその植物だらけになってるよん」

「――そういえば、ぬしは植物全般に興味があって、他にもいろいろ育てておったな」

しみじみと山神が言い、興味を引かれた湊が問う。

「そうなんですね。どんな植物を育ててるんですか？」

真神は顔を輝かせた。

「食虫植物とか、寄生植物とか、あと超希少なマンドラゴラもね！」

眼をしばたたいた山神と湊が顔を見合わせる。

「よき教師もどきがおったぞ」

「もどきは失礼でしょ、もどきは」

「なになに？　吾輩にかなにか教わりたいことでもあんの？」

真神は耳を動かし、子狼のごとく尻尾を振り回した。


裏門と向い合わせに扉がある。

裏門の二倍はあろう巨大な二枚の木の表面にはいくつも鋲が打たれており、堅牢さを醸し出している。

大口真神の神域への入り口である。

突如それを出現させた狼が振り返った。

「んじゃあ、吾輩んちにいきますか」

「うむ、参ろうか」

「はい、お邪魔します」

佇んでいた山神と湊が返事するや、扉が開く。

ギギギギギ〜、と見た目相応な重々しい音が鳴り、湊は腑に落ちた顔をした。

「神社みたいだね。いかにも神の御〜成〜り〜って感じがする」

「あの手の建物の扉は、あえてかような音を出すようにつくるのであったか」

「そうらしいね」

山神とのんきに話していると、扉がハの字に開き、その向こうの景色が徐々にあらわになっていく。山神の言っていた通り、花だらけであった。

形はさまざまで、色もとりどり。統一性はなく、確かによほど花が好きでなければ落ちつかない空間かもしれない。

「っ」

風に乗って漂ってきた甘やかな香気に、湊は息を呑んだ。

花の蜜の香りであろう。脳がしびれるほど甘ったるく、めまいまで起こり、慌てて鼻周りを覆った。

その異変にすぐさま気づいた山神が、真神を見やった。

「この臭気、幻覚剤の類であろう。どうにかならぬのか」

「ん？　楠木ちゃん、耐性ないの？　じゃあ、ちょっと待ってな」

パカリと真神が口を開けると、そこから風が放たれ、甘やかな香りが押し戻された。

真神は下方から湊を見上げる。

「大丈夫か？　だいぶ神寄(こっち)りになってるからイケるかと思ったんだけど」

「あ、はあ、はい」

不穏な台詞であったが、視野狭窄(きょうさく)にまで陥っていた湊に問う余裕はない。

その時、クスノキの青葉が矢のごとく飛んできて、湊の周りを一巡する。

それをつかみ取った湊は、パキンと折り畳んだ。香気が強くなったその折り目に鼻を押しつけて嗅ぐ。たちどころに気分爽快になって、視界も正常に戻った。

「――助かった……！」

クスノキに手を振れば、気にするなと言わんばかりに樹冠を動かしてくれた。


念のためクスノキの葉を持ったまま、真神のお宅にうかがうことにする。

真神、山神に続いて入った湊は目を見開いた。

はじめてお目にかかるタイプの神域であった。

入口に咲き乱れる花の群生を過ぎると、縦長の空間となっていた。奥へと一直線に延びる道の両側に咲き誇るのはいく種類もの花々。しかし入口付近とは違い様々な品種が少しずつ、花同士が重ならないように植えられている。

「お花屋さんや植物園みたいだ」

「うむ、ちと人工的ではあるが、それぞれの花はよう見える」

「でっしょ。見やすさにもこだわってんの」

ぶんぶん尻尾を振る真神の頭上には青空が広がり、太陽もさんさんと輝いている。

とはいえ、暑くもなく寒くもない過ごしやすい気温に調整されているようだ。

立ち止まった湊は、ためらいがちに一つの花に鼻を寄せた。

「一般的なものより香りが強いような気がする」

「そうさな。お主では香り程度しか判別できぬであろうよ」

湊の後頭部を見ながら、山神が言った。

「あ、そうか。手水鉢の中でも枯れる様子がないってことは、生命力が強いってことか」

「左様。外界の花々とは比べものにならぬ」

「そうそう、吾輩が育てたからさ〜」

千切れそうなほど尻尾を振る真神は、ご機嫌そうだ。花の栽培を心から楽しんでいるのだろう。

山神があたりを見渡す。

「昔に比べ、ずいぶん狭くなったものよ」

「まあね、あんまり広いと落ちつかなくなったからさ」

「外で駆け回れなくなったゆえ、己が住まいでしかはしゃげぬとさんざん走り回っておったぬしがなぁ……」

感慨深そうであるが、湊は形容しがたい顔になった。狼といえば持久力に定評がある。いつの時代の話なのか知らぬが、被害を受けた人が大勢いたのではなかろうか。

「そんなに外を駆け回ってたんですか……？」

「昔はね。若気の至りってやつ？」

テヘッと笑う真神の傍ら、山神は明後日の方向を向く。

「人間らより、動物らの方がより被害を受けておったわ」

「まさかそれで、昔の人々にありがたがられたとか……？」

狼は、田畑を荒す獣を退治してくれるがゆえに感謝され、信仰されていたといわれている。もしかすると真神自身がその一端を担っていたのかもしれない。

真神はちょいと鼻先で大輪の花弁に触れたあと、身を翻す。

「ま、昔のことなんてどうでもいいじゃん。奥にいこうぜ。花も隅々まで見てもらいたいところだけど、普通の見た目だからあんまり面白くないっしょ」

振り仰ぎ、大口を開けて嗤う。

「それに引き換え、いま吾輩が力を入れてるコたちはちょーっと普通じゃないから、そっちの方が見応えあるよ。もちろんマンドラゴラもね。あのコのこと知りたいんでしょ？」

「うむ」「はい」と答えた山神と湊は、先をゆく軽快な足取りの狼を追いかけた。

さほどいくまでもなく、様子が一変した。

唐突に花の道が途切れ、湊の背丈をゆうに超える木々と草が生い茂り、つる性植物が目立つ区域となった。

まさにジャングルである。

境目を過ぎた瞬間、気温も跳ね上がった。

「うわっ、春からいきなり夏になった……！」

瞬時に湊は汗を浮かべ、山神もうっすら毛を逆立てる。

「しかもこの粘りつくような湿気、この国の気候であるまい」

「せいか～い、ここは熱帯雨林気候にしてあるよん」

フハハと笑う真神とグルルと唸る山神。実に対照的である。

一方、湊は奇妙な植物に目が釘付けであった。

葉から伸びたつるの先が細長い壺状になっており、その上部は開いている。

そこから漂ってくるなんともいえない香り。

それを嗅覚で察知した直後、ふらりと身体が吸い寄せられ、慌ててクスノキの青葉で鼻を塞いだ。

スーハースーハー。必死な湊を山神がやや同情的な眼で見つめる。

「正気は保てておるか？」

「クスノキのおかげでなんとか……！」

帰ったらたんと水まきをしてあげようと心に決める。クスノキはミストシャワーが大好きだから、いつものように樹冠を振り回して喜んでくれるに違いない。

さておき、はじめて見る植物のことであろう。

「――あれは、ウツボカズラかな？」

「そうそう、食虫植物だよ」

「ぬっ」

ぶ〜ん、山神と真神の間を一匹の小虫が通る。迷うことなくウツボカズラの口へ入った。中は粘度の高い液体が入っているはずだ。抜け出そうとしてもつるつる滑り、もう二度と出ることは叶うまい。

湊は瞬間的に黙禱を捧げ、その場を離れる。

その腕にするりと巻きつくモノがあった。

「うおっ!?」

それはつるのように見えた。しかし、色は茶色い。

「――これ、根っこかな？」

腕に巻きついた先端が応えるようにウヨウヨ動いた。

さすが神の育てた植物である。意思を持っているようだ。

それを伝い見上げ、湊は目を見張った。

一本の大樹に幾筋もの太い根が絡みついている。重なり、絡み合うそれは木のように見えるが、そのじつ木の幹ではない。

「それ、気根っていうんだ。人間たちが〝絞め殺しの木〟って呼んでるアコウの木だよ」

真神曰く。まず鳥の糞によって運ばれた種が枝に着床し、木の幹を伝いながら地表へ向かって根を伸ばす。そして最初の根が、地面に到達し土に含まれる栄養を取り込むや、一挙に牙をむく。幹に張りめぐらせた細い根を太らせ、宿主たる木を締め上げるのだ。実際に絞め殺すわけではないが、宿主は日光に当たれなくなり、最終的に枯死へと追い込まれることになる。

「あっ」と単音を発した真神はあっけらかんと告げる。

「アコウは岩にも着生するんだよね」

「俺、人ですけど!?」

湊は焦ってはがそうとするも、思いのほか気根の力が強い。

「え、また!?」

しかも逆方向からも同じモノが伸びてきて、反対の腕にも巻きつかれた。

囚われし宇宙人のごとき体勢にされてしまった。

が、パニックにはならない。風を操れば抜け出すことは可能だからだ。

けれどもその場合、植物はただでは済まない。傷つけるのはためらわれた。

そのうえなんとなくだが、悪意は感じられなかった。おそらく遊ばれているのだろう。

「ほらほら、キミたち。楠木ちゃんが気になるのはわかるけど、いつまでも戯れてちゃダメだよ〜」

真神が言うと、一本の気根がするりと離れた。

もう片方は名残惜しげに、湊の指に絡みついたままだ。山神が睨めつければ、巻き尺めいた瞬速で戻っていった。

手を擦る湊に山神が呆れたように嘆息する。

「お主はほんに、植物に好かれるな」

「──嫌われるよりはいい……かな」

本音であった。


それから幾度も植物に行く手を阻まれつつ、ようやくお目当ての区画にたどり着いた。

密林を抜けた瞬間、爽やかな風が歓迎するように肌をなでていった。

ほっと息をつく湊の視界に映ったのは──。

「綺麗に整えられた畑だ！」

素晴らしく心が安らぐ光景であった。

前方へと直線に延びる畝に、緑の葉っぱが並んでいる。

「ヒサメの所で見たのと同じマンドラゴラだ」

茎はなく、花が開くように葉が生えている。その根元にちらりとのぞくのは、白いミニ大根──ではなかった。

屈んだ湊は、まじまじと凝視する。

「白くない、茶色だ」

身ともいうべき部分が、根と同じ色であった。

「そりゃそうだ。マンドラゴラは茶色いものだよ」

真神は不思議そうに小首をかしげた。

「ぬぅ、なればアレはやはり特殊であったか」

山神が唸ると、真神は耳を動かす。

「どういうこと？」

「伊吹の所で見たのよ。白き身をして、己が意思で動き、笑うけったいなやつをな」

「へぇ、そんなコもいるんだね。あいにくと吾輩のとこにはそういうコはいないよ」

「うむ、致し方あるまい。己が育てたからこそ、かように育ったと眷属も自慢げに云うておったわ」

そう告げた山神であったが、湊の横に並びマンドラゴラを見下ろした。

「なぁに、これで構わぬ。こやつは通常のモノであろう？」

「そうそう、至って普通のマンドラゴラちゃんだよ」

「えっ、じゃあ危ないってこと？」

顔色を変えた湊が膝を起こそうとした時、バフッと両耳を塞がれた。

片側は山神の肉球、反対側は真神の肉球によって。

「だから、引っこ抜いたら叫ぶよん」

愉快げに告げた真神の頭部が斜め上へとはね上がり、釣られたようにマンドラゴラが引っこ抜けた。

ズボッと勢いよくお目見えしたのは、伝承通りのマンドラゴラ。身のように太くなった部分が胴体じみて、両腕と脚も備えているように見えた。

その身の真ん中に、地獄の底のごとき黒い穴が開いている。

そこから大絶叫がほとばしった。

衝撃波が中腰の湊を襲う。

顔面、首、手といった露出した肌が痛もうと、脚がぷるぷる痙攣(けいれん)しようとも、湊はその姿勢で耐えた。

二神のおかげで鼓膜も脳も無事である。

決して動いてはならぬ、と本能で理解していた。


「マンドラゴラちゃんは、こんな感じだよ」

軽い調子で言ってのけた真神が、顎を振ってマンドラゴラを埋め直すと、パタリと絶叫はやんだ。

そっと耳を開放された湊は二神に礼を述べ、道の真ん中に神妙に立った。なにせ前後をマンドラゴラの列に挟まれている。うっかりひっかけて抜いてしまおうものなら目も当てられない。

そして、チクチクと複数の視線を感じていた。

今しがたのマンドラゴラに目があるのか確認できなかったが、ヒサメの所のモノにはあったから、これらにもあるだろう。そんな彼らに、やけに興味を持たれているようで、背中を冷たい汗が流れた。

おののく湊に、真神が笑いかける。

「楠木ちゃん、そんなに心配しなくていいよ。基本的にマンドラゴラは自ら土の中から出てくることはないから。というか、出るのを凄まじくいやがる。無理やり引き抜くから抵抗して叫ぶんだよね。それをしない限り、さして害のない植物だよ」

「あ、はい」

「ぬぅ、しかし予想以上に厄介な生きものぞ」

山神がマンドラゴラを忌々しげに睨むと、怯えたように葉がざわつた。

湊はそれをやや気の毒に思い、山神の気を逸らすべく問う。

「俺は絶対育てられないだろうけど、ウツギならなんとかなるんじゃないの？」

「我ですらやや耳が痛んだわ。眷属では相当厳しいぞ」

「そっか……」

ウツギは残念がるだろうと思っていれば「あっ」と何かひらめいた様子の真神が口を挟んできた。

「んじゃあ、伊吹の御爺のとこのマンドラゴラちゃんから種をもらえばいいんでないの？」

「あの白いコの子どもってことですか？」

「そうそう、似たコが生まれる可能性が高いと思うよ。っていうか、そんな変わり種なら、吾輩もほしいんだけど！」

おめめをキラキラさせた若造を年配が見やる。

「うむ、確かにその可能性はあろうな。しからば――」

半眼になった山神が耳を倒した。

実は山神、真神の神域に入った時から視覚と聴覚を眷属テン三匹とつなげていた。ゆえにマンドラゴラの絶叫を聞いた彼らは今、自宅で倒れ伏している。

『ウツギよ、いかにする』

だが山神は無情に訊いた。

うつ伏せになっていたウツギが、キッと面を上げる。

『我が自分でヒサメと交渉する！』

『よう云うた。好きにするがよい』

やったーッ！　と山神の脳内にウツギの雄叫(おたけ)びが木霊していようと、湊にはわからない。

「ウツギなんて？」

「己でヒサメと交渉すると言いおったわ」

「なにがなんでもほしいんだね……。ん？」

オオオオォォ……。

突然、咆哮(ほうこう)のような声を耳にし、湊は瞬いた。


ひと言の断りもなくその声に導かれるように歩き出した湊を、真神と山神は止めなかった。

一本道を進むことしばらく、横手に大きな木があった。

それはもう、木とは呼びがたい形をしていた。

幹が途中から二つに別れ、片方はなくなっている。残った片方も辛(かろ)うじて枝はあるものの葉はない。

深い割れ目が無数に入った樹皮の老木であった。

広葉樹のようだが、立ち枯れしているように見える。しかし幹のそばに寄った湊は強く思った。

「――いや、生きてる」

現に老木は声を発していた。

オオォォ……。

それは小さな木の洞から聞こえてくる。

ともすれば風にかき消されそうな声に悲しみは感じられない。ならば怒りであろうか。

そう思ってしまうのは、哀れに見えるその外見のせいだろう。自ずと人間が抱いてしまう感傷にすぎない、それに惑わされてはなるまい。

湊は木の洞に耳を傾けるべく、さらに近づいた。

ひょこり。突然、洞から緑色のモノが顔を出し、湊は目をむいた。

「――木の精だ……」

先日、南部稲荷神社のご神木であった大イチョウの木の精とそっくりな見た目であった。

苔玉（こけだま）と見紛う丸い体に細長い手足が生えている。

ただ緑色が全体的に淡く、かぶさった綿毛からのぞく眼の色も茶色であった。

そのつぶらなおめめでじっと見つめてくる。

「オ、オ、オ」

「話せるんだね……」

口は見えないが、明らかに声を発していた。

その木の精と相対する湊の後方で、鎮座した山神と真神が顔を見合わせた。

「吾輩、あのクヌギちゃんとそこそこの付き合いなんだけど、はじめて本性見ちゃったよ」

「ぬしがやかましいゆえ、姿を見せたくなかっただけであろう。嫌われておるな」

「いやいや、なに言ってんの御爺。あのクヌギちゃんさ、よその神から譲ってもらったんだけど、そこでも頑として声すら出さなかったって言ってたんだよ」

厳つい顔でいきんで言われ、山神は鼻を鳴らす。

「ならば、あやつは神嫌いといったところか」

「たぶんね。たまにいるよね、神の類は断固お断りだけど人間は大歓迎っていう、わがままな木。いやでも、あのクヌギちゃんは昔、人間らといろいろあって、災いを振りまきまくってた木なんだけどね」

「いつの頃の話か知らぬが、時が経ち、心が癒えたのであるまいか」

「まだ四百年しか経ってないよ？」

「むぅ、その程度では、恨みの感情は消えぬか。――しかし今、湊に向ける感情に憎しみは微塵も感じられぬぞ」

「だよね。っていうか、めちゃくちゃ好意的じゃん！」

神々の井戸端会議中、湊は視覚と聴覚に力を注いでいた。

木の精が時折、色が淡くなる。しかしそれは湊側の問題であった。

前回大イチョウの精霊が見えたのは、クスノキの生命力がふんだんに入った枝を持っていたからだ。

いまはクスノキの青葉一枚のみ。それを握る手を木の精が注視した。ふたたび湊を見やる。

「み、ず」

「水？　水がほしいの？」

こくんと頷いた。

所望されてしまったが、あいにくと水は出せないし、あたりにも水場もない。

かえりみた湊は、真神に頼んだ。

「すみません、水をもらえますか？」

「はいよ〜」

真神の顔の横に、にじむように水球が現れた。湊の頭部ほどの大きさで、木の精自身にあげるなら、十分な量に思われた。

ふわふわと飛んでくるそれを木の精の眼前に持っていく。両眼を細め、凄まじく嫌そうにされてしまった。

「み、ず！」

「うん、これ水だよ。どうぞ？」

違うそうじゃない、と小さな手で木の洞の縁をぺちぺち叩いて訴えてくる。その次にクスノキの青葉を指差した。

残念ながら湊ではその意を汲んでやれず、困惑するのみだ。

見かねた山神が助け舟を出した。

「そやつはお主がいつもクスノキにやっておる、水まきを求めておるのであろう」

「ああ、そうだったんだ！　ちょっと待ってね――」

水球を持った湊はそそくさと離れる。

木の洞から身を乗り出してそわそわしている木の精は、やけに可愛らしく見えた。

クスノキもこんな風に、喜んでくれているのだろうか。いまだ本性は見せてくれず、魔物めいた挙動をするようになってしまったのは気になるところだけれども。

ともあれ、水まきである。

毎日行っていることだ。いまさら緊張なぞするはずもない。

「じゃあ、いくよ～」

ぽんと水球を飛ばし、風を放って細かい霧状に変える。それでクヌギを包み込んだ。

むろんその中に精霊もいる。

回転するミストに綿毛をなびかせ、頭を左右へ傾けている。

湊が根にも水が行き渡るように高さを下げると、木の精が両手を挙げてユラユラゆらめいた。躍っているようだ。

「すんげぇ、喜んでる……」

「うむ」

唖然とした真神と慣れきった山神はクヌギの枝の先を見た。するりと若い枝が伸びて若葉が開き、その下方から紐のごとく雄花序が垂れ下がり、若葉のつけ根に雌花も咲いた。

それが連鎖的に起こり、枝が広がっていく。

「マジか、もう葉を茂らす余力もなかったのに……！　まさか、どんぐりまでなるの!?」

残念ながら真神の期待に反し、どんぐりは実らなかった。

が、木の精のゆらめく手の上に、鳥の巣に似たお椀状のものができていく。

「あれは、殻斗……？」

真神がつぶやいたのは、どんぐりがかぶる帽子めいた部分のことだ。

木の精は瞬く間に完成した殻斗をひっくり返し、ぴょんと跳び乗った。風に乗り、幹の周りをくるくる回る様はメリーゴーラウンドさながらである。

両手を上げる木の精は、この世の春を謳歌しているようであった。


かくしてクヌギは樹冠が大きくなり、幹の割れ目も修復され、別の木かと見紛うほどの変貌を遂げた。

それを目の当たりにし、興奮してウォンウォンと吠えまわる真神の声を聞きながら、クヌギの精霊と別れを告げた。

最後に伸ばされた手と指先で握手を交わした湊は、山神と楠木邸へ帰宅する。

「ただいま」

開口一番にそう告げた湊が、庭に踏み入った直後であった。

しゅっと三枚の青葉が高速で飛んできた。

そばにくるとそれぞれ弧を描き、その両腕と指先からつながっていた三本の糸を断ち斬る。途端、煙のように消えてしまった。

あまりの早業で湊の視界では捉えきれず、目を白黒させている。

その後方からのっそりと山神が進み出た。

「やはりクスノキは許さんかったか」

笑いを含んでおり、湊は眉をひそめた。

「山神さん、どういうこと？　いまのなに？」

樹冠をざわつかせるクスノキは怒っているようだ。

「樹木らの縁がお主についておったのよ。糸となって絡んでおったゆえ、クスノキが全部断ち斬りおったわ」

「それはよくないものなの？」

「よくも悪くもあろうな。それだけ好かれたということゆえ。しかしその度合いは並々ならぬ。執着されたと云い換えてもよい。クスノキが斬らねば、この先とことん依存されたであろうよ」

言葉に詰まって棒立ちになった湊を置き去りに、尻尾を垂らす大狼はゆうゆうと渡り廊下へ向かっていった。

第9章　住まいは綺麗な状態が望ましい

日暮れが迫る方丈山の登山道を下る、一人の中年男があった。

膨れたリュックを背負っていても足取りは軽く、満ち足りた顔をしている。

「はー、美しい鳥だったなぁ……。わざわざ遠出してきた甲斐があったってもんだ」

その胸にさがるミラーレス一眼カメラで、長年追い求めていた野鳥の動画撮影が叶ったからだ。

祝杯のようにその手に持つペットボトルを飲み干した。

そして、横手の茂みへと投げ捨てる。

ペコン。間の抜けた音を聞くこともなく、男は揚々と歩を進めた。

「けどまだ撮れなかった野鳥もいるから、またこなきゃな。いや、またここを訪れる理由ができたと思えばいいだろう。今度の休みにもう一度――っ」

唐突に立ち止まった。鳥が羽ばたく音を耳にしたからだ。

「あの音は猛禽(もうきん)類だろ。どこだ？」

キョロキョロと首をめぐらせるも、木立が連なる周囲は薄暗く、よく見えない。林冠の切れ目の細長い空はあいにくの曇り模様で、そこにも大型の鳥の姿は見受けられない。

「聞き間違いか……？」

しばらく待ってみるも、ふたたび聞こえてくることはなかった。どころか、木立の奥から野鳥の鳴き声もまったくしない。

やけに静かすぎやしないだろうか。

「──気のせいだな」

一抹の不安を振りきるように、男は行く手へと顔を戻した。

一歩、大きく踏み出したその登山靴が、土を踏むことはなかった。

リュックが引っ張り上げられたからだ。むろんそれを背負う体もともに。

「な、なっ、ぎゃあああああっ」

脚をバタつかせながら、真上を見上げる。

真っ黒いカラスと目が合った。

ひゅっと男は息を引く。その顔はあまりに大きかった。カラスだと愛鳥家ゆえに自信を持っているが、しかしこれは本当にカラスなのだろうか。

己と変わらぬサイズの頭部があり、そのうえ山伏の装束を身にまとっている。錫杖(しゃくじょう)を持ち、漆黒の翼をはためかせ、その両足で己がリュックをつかんでいるのだ。

妖怪──烏天狗(からすてんぐ)。

その名が頭をよぎるも、ただちに打ち消した。

妖怪は創作上の生き物だ。この世にいるはずがないだろう。

現実から目を逸らしたい男は喚いた。

「な、なんだよ、お前は!?」

「貴様に名乗る名はない」

吐き捨てるように言われ、震える。まさか人語を話すとは思わなかった。

受け入れがたく、いっそう男は激昂する。

「それより、俺をどうするつもりだ。離せ！　降ろせ！」

「やかましい。ヒトの家にゴミを投げ捨てるような輩が、おれに命令するんじゃない」

「人の家だと？　知るか！　そんなことをした覚えはないぞ！」

男にはまったく心当たりがなかった。

それもそうだろう、山を己が家と見なす人ならざるモノがいるとは思うまい。

「知っているか、人間。因果応報なる言葉を」

烏天狗が男の返答を待つことはない。

「よい行いをすればよい行いが、悪い行いをすれば悪い行いが、己に返ってくるということだ。すなわちゴミを投げ捨てた貴様も——」

射殺さんばかりに睨まれ、男は視線を下げた。下げてしまったゆえに見てしまった。

足下に林冠があることを。

「ひぃっ」

すくみ上がった男に、残酷な言葉が叩きつけられる。

「ゴミのごとく投げ捨てられるということだ」

ペッと宙へ放られた。

「ぎゃあああぁぁーっ——」

尾を引く悲鳴をあげて、真っ逆さまに落ちていく。

それをホバリングする烏天狗が、冷徹な眼で見下ろしていた。

◯

朝もはよから湊は祠を掃除すべく、方丈山を登る。ウツギの先導のもと、道なき道を進んでいく。

「そろそろ、こういうコースをたどるのはやめた方がいいかな」

うっそうと茂る草をかき分けつつ湊がいえば、ウツギは身軽に入り組むツタをくぐった。

「なんで?」

「何度も通ってると道ができるから、その方向に進んじゃう人が出てくるかもしれないよね」

毎回案内してくれる山神一家だが、その道行きは最短距離とは言いがたい。まるで迷い道へと誘い込むように、進行方向を頻繁に変更し、引き返すこともある。追手を巻くべく策を弄する野生動物の道行きさながらといえるかもしれない。

案内してもらっているうえ、危険な場所を回避しているのだろうと思い、文句を言ったことはない。

しかし湊の通ったあとには、どうしたって足跡は残る。

山にくる人が増えた今、その跡をたどる者も出てくる恐れもあろう。

ウツギは軽快に歩きつつ、言った。

「気にしなくていいよ。湊が通る場所、いつもちょっと変えてるしね」

「――まぁ、確かに。毎回険しい道行きではあるかな。よっと」

通せんぼするような枯れ枝をかき分け、バキバキと音を立てつつ進む。

「植物ってほんと逞しいよね。少し前もここ通った時、結構激しく草をかき分けたんだけど、もう元通りになってる」

「そうだね」

「方丈山の最近の様子はどんな感じ？　騒がしくなった？」

湊とて毎日ここにくるわけではない。正確には知らなかった。

「うん、結構ね〜」

ウツギの声はいつも通りで、いやそうでもない。

「人間たちが訪れる理由はただの山登りだったり、珍しい動物目当てだったりと、いろいろみたいだけど。それで昨日さ、中腹あたりで団体からはぐれて迷ってた人間がいたから、登山道へ誘導したんだよね〜」

「――追いかけ回さなかったの？」

「もちろん。山神じゃないからね〜」

きゃらきゃらとウツギが笑う。いつぞや越後屋が山で迷った際、山神が追いかけ回して下山させたことがあるからだ。なぜか越後屋は妖怪――迷い犬に送ってもらったと勘違いしているのだが、それはさておき。

深い亀裂の入った場所をウツギは華麗に跳び越えた。

着地した場所を鼻先で指し示す。

「湊、ちゃんとここを踏むんだよ。ここ以外に足を置いたら、陥没するからね！」

「あいよ」

毎度注意されたら忠実に従う。

ゆるぎない地面の固さを確かめている間にも、ウツギは先へと向かう。

「それでさ、その迷ってた人間なんだけど、かなり魂が臭かったんだよね～」

軽く言ってのけたウツギは笑っている。

「もう人の臭いに慣れたの？」

「だいぶね。方丈山にくる人間に片っ端から近づいて慣らしたからね！」

「そこまでしたんだ……」

「それが一番手っ取り早い方法だと思ってね～。おかげでどんなに強く臭うのが来ても、もうダイジョーブ！」

自信満々のようだ。彼らが臭いが原因で気分を悪くするようなことがなくなったのは大変喜ばしい。それはそうと、前々から気になっていたことがある。

「そんなに魂が臭う人間って多いの？」

「多いというか、人間の魂は多かれ少なかれ臭気を発するものなんだよ」

なんでもないことのように言われ、湊は二の句が継げなかった。

「臭うのが当たり前なんだよ。人間は生きてるうちにその臭いをなくすべく、努力しなければならない」

「努力……」

登山道が見えてきた位置になって、ウツギは振り向いた。

「ちょーっと話しすぎたね、気にしなくていいよ。さ、歩きやすい道をいこう」


片側が断崖絶壁の登山道をしばらくゆくと、祠が見えた。

それを眺める二人組がいる。若い男女の女性の方に見覚えがあった。

裏島千早だ。二人は色違いのマウンテンパーカーを着ていることから、男性は恋人かと思ったが、どことなく雰囲気が似通っている。

そういえば、上京した弟がいると聞いたことがある。その人物なのかもしれない。

「湊、我少し離れているね」

目配せで応えると、ウツギは断崖絶壁を駆け上っていった。

湊のみが近づくと、裏島たちは笑顔で迎えてくれた。

「楠木君、おはよう」

「はよーございまーす！」

あいさつを返すと、男の方が手を差し出してきた。

「どうもはじめまして！　弟の岳でーす」

握った手を大きく上下に振る彼は、明るく物怖じしない性格のようだ。付き合いやすそうで、湊は胸をなでおろした。

「はじめまして。里帰りですか？」

「そんな丁寧に話さなくていいよ、俺ら同い年だろ？」

「そうらしいね。じゃあ、そうするよ」

「うん、そーして。で、俺は里帰りっていうか、出戻り？」

「え？」

「会社辞めて帰ってきちゃったの、この根性なし君」

「姉ちゃん、ひっで」

岳はケラケラ笑い、千早は仕方なさそうに肩をすくめる。

「子どもの頃から田舎はイヤだ、都会がいいって言ってて、高校を出てすぐ上京したんだけど、十年も経たないうちに地元が恋しくなったんだって。だから根性なしって言われても仕方ないよね？」

「離れたからこそ、ここのありがたみがわかったんだよなぁ」

岳はポケットに手を突っ込んで笑い、まったく悪びれた様子はない。とはいえ、こういうタイプは湊の地元にも少なからずいた。

「実際離れてみないとわからないことって多いよね。だから、いいんじゃないかな。ずっと出ていきたいって思いながら地元でくすぶってるよりもね」

「――うーん、それもそうかなぁ……。出ていく行動すら起こせないのに、地元の悪口を言いながら残ってる人、結構いるものね……」

千早は、やけに実感のこもった言い方をした。

「それに出戻りの人たちって、ものすごく地元愛が強くなったりするしね」

「まーね」

岳は我が意を得たりとばかりにニヤけ、湊の顔をのぞき込む。

「楠木はどう？　地元に帰りたいと思わねーの？」

「――最初は思うこともあったけど、最近ではほとんどないかな」

「マジか。なんかうれしいわ、こんな辺鄙(へんぴ)なとこ気に入ってくれて」

「そういう風にとるのか……。ポジティブだね」

「だってそうじゃなきゃ、自分ちのもんでもない山の整備なんてしないだろ」

「――まぁ、確かに」

ぐうの音も出ないとはまさにこのことだ。

しかしながら岳が言うことはあながち外れてもいないだろう。湊はもう何年も前からここに住んでいるような気になることもままある。

「あ、そうだ」と突然千早が言い出した。「楠木君、伝えたいことがあったの。実はここで、ちょっと困ったことが起こってるみたいでね……」

切り出した割に口ごもってしまったため、岳が引き継ぐ。

「山にゴミを捨てたり、場を荒らしたりしたやつが妖怪にお仕置きされてるらしいんだよな」

「──伝聞系なんだね」

「そういう噂を聞いたんだよ。少し前かららしいけど、よそから来た人たちだけがされてるみたいで、俺たち地元民は気づくのが遅れたんだ」

湊はそわつきそうになる視線をなるべく固定し、何食わぬ風を装いながら尋ねる。

「──そう……。ちなみにお仕置きの内容は？」

横髪を耳にかけつつ、千早は虚空を見た。

「放ったゴミを投げつけられたりとか、転ばされたりとか、大きな音で脅かされたりとか、あと追いかけられたりとか。いまのところ噂にすぎないんだけど……。ただ、私たちも登山口付近で見ちゃったのよね。妖怪じゃないんだけど、妖怪にそうされたのかもしれない、あの、その……」

視線を彷徨わせ、組み合わせた指を開いたり、閉じたりとまごつく。ひどく言いづらいらしく、見かねた岳が教えてくれた。

「盛大にしょんべん漏らしたおっさんが、喚き散らしてるのをな。危うく妖怪に連れ去られそうになったらしい。戦って撃退したって言ってたのは、嘘くさかったけど」

「それは、私もそう思った」

なー、ねーと顔を見合わせる姉弟を前に、湊は迷った。二人にこの山の特異性を告げるべきかと。

おそらく仕置きの噂は事実だろう。

ここの妖怪たちは我が強い。己たちの住まいを好き勝手にされて黙ってはいまい。

かといって、裏島家の者に注意喚起をすべきなのか。

もしそれをするなら、己のことを話さなければならない。妖怪が視えるばかりか、会話もできるのだと。だがそのことを長年、他者に隠し続けた湊の口は重い。

裏島家の者たちとはまだそこまで親しいわけでもなく、弟に至っては初対面だ。

逡巡した末、ひとまず現状を確かめるのを優先することにした。裏島家への通達はそれから考えればいいだろう。

「――そうなんだ」

「そーなんだよ」

軽い調子で同意した岳は一転、奇妙に静かな目を向けてきた。

「たとえここに妖怪がいたとしても、ただの人間でしかない俺らには対抗する術はないからな。とりあえずこっちが悪さしなきゃ害はねーみたいだけど、いちおう楠木も気をつけた方がいいよ」

「――わかった」

仲よく三人で祠掃除をしたのち、裏島姉弟は下山していった。

それを見送った湊は、山の奥へと分け入った。

厚い林冠が覆うあたりは昼でも薄暗い。落ち葉を踏む自らの足音のみがあたりに反響する。

ウツギはそばにいないが、とりわけ不安は感じていなかった。

湊は基本的に、山で一人になることはない。

山神一家や風の精、ご機嫌伺いの野生動物など、いずれかのモノが近くにいる。

いまは妖怪である。

歩きながら湊は視線を動かす。妖気を感じる枝上、木立の陰、岩の陰へ。妖怪が潜む場所を正確に捉えていた。

ひときわ強い妖気がした方向へ向き直ろうとした時、バサリと大きな羽音とともに妖怪が舞い降りた。

はじめて目にする異形の姿に、さしもの湊も半歩下がった。

目線の高さはさして変わらない人型だが、頭部は鳥で、その背に身の丈にあった大きな翼がある。

山伏の装束をまとい、片手には錫杖。足の鉤爪(かぎづめ)を大地に食い込ませた——烏天狗であった。

こちらをひたと見つめてくるその眼は、友好的とは言いがたい。それに比べて、古狸はなんと親しみやすい妖怪であったかと痛感しつつ、まずはあいさつを口にした。

「どうも、はじめまして」

こちらに敵対する気はないという意思表示である。

ふんと一笑に付され、冷たい声色で問われた。

「ここになにをしに来た」

「山に来た人たちが噂している内容が、本当かどうか訊いてみたいと思って」

「人間がゴミを投げつけられたり、転ばされたり、大きな音で脅かされたり、追いかけられたりしたかをか？」

裏島千早が言っていた内容と寸分違わなかった。しかも順番通りだ。

「やっぱり俺たちの会話を聞いてたんだね」

「いやでも聞こえるからな。お前たち人間より、はるかに優れた聴力を持っているもんでな」

「どうして人にそんなことをしたのか、訊いてもいい？」

ドンと激しく地面に突き立てられた錫杖が鳴る。

「ゴミはもとからそいつの持ち物だったから投げ返しただけだ。転ばせたのは野生動物を追いかけ回したからだな。大きな音で脅かしたのは、意味もなく木を傷つけようとしたから、追いかけ回したのは野生動物に石を投げたからだ」

聞けば聞くほど、人間側に非があるとしか思えず、湊は悲痛な表情で押し黙った。それを気にすることもなく、烏天狗は強い口調で続けた。

「ここは我らの棲家だ。お前ら人間だって、突然やって来た見ず知らずのモノが己の家を荒らすのを黙って見てはいまい」

「そうだね。特に人間はね」

「ああ、そうだ。徹底的に排除するだろう。己に敵対するモノであったなら、その命を奪うこともためらうこともないはずだ」

烏天狗は居丈高に顎を上げる。

「残虐非道なお前らと違って、おれらはせいぜい脅かす程度だ。かわいいもんだろう。たったそれしきのことで、なにか文句でもあるのか？」

「――いや、やりすぎないなら構わないと思うよ」

湊は妖怪に囲まれて生きてきた人間である。この世は人間だけのものではないことを、身をもって知っている。

人間以外を排除するのは間違っているうえ、してはならないと思っている。

そもそも人間だけが優遇されるのはおかしなことだ。人ならざるモノや野生動物も、好きに生きる権利はあるだろう。

「俺としては、仲よく共存できたらいいと思ってるよ」

「――それはお前ら人間次第だな」

翼を広げた烏天狗が地を蹴った。飛び立つ風圧で落ち葉が舞い散り、湊は腕で目元を庇う。

林冠の間を飛ぶ烏天狗は、見上げている湊を一度だけ見やった。

第10章 播磨は見た

車窓を真横へ流れていく雨粒を、後部座先に座す播磨はぼんやり眺めた。

昨夜、方丈町一帯を襲った季節外れの台風が過ぎた今、小雨程度になっている。

両側に広がる田んぼが面でゆれていることから、風は依然強いようだが、適温を保たれた車内では、それを微塵も感じられない。

播磨は運転手の後頭部を一瞥し、ふたたび車窓へと視線を移した。

背丈と色のそろった稲が一面を覆う、のどかな風景が続いている。決して見慣れた景色ではないけれど、懐かしさを感じるうえ、自ずと身体から余計な力が抜けて心も凪いだ。

それはこの国の民ゆえなのだろうか。

いずれにしても、楠木邸への途上にお目にかかれるこの景観は好ましい。

忙しい合間をぬって、わざわざこの地へ足を運ばなければならない事態になっても、その時間が息抜きになっていることは否定できない。

播磨は前方にそびえる方丈山を流し見、反対側の車窓を見やった。遠方にわずかに見える町並みは泳州町である。

先日、自ら悪霊を増やすという、前代未聞のあくどい退魔師安庄と死闘を繰り広げた地だ。

あれから安庄は逮捕された。

が、本当にあれで終わったのだろうかと漠然とした不安は消えなかった。不吉とされる出来事が立て続けに起こったせいでもある。

しかしとりわけ厄災が降りかかるようなこともなく。泳州町は平穏であるとの報告も受けており、問題はないように思われた。


突如強風のあおりを受けて車体がゆれ、車窓に雨粒と草が貼りついた。

またひと雨くるのだろうか。

田を注意深く見ると、倒れた稲が嵩の増した水で溺れそうになっている。

ただでさえ、被害は出ている。これ以上の雨は農家の方々も勘弁してほしいと思っているだろう。

無関係の播磨はただ想像するだけで、その面持ちに変化はない。

しかしあるモノを目にするや、眼鏡の奥の双眸を見開いた。

「——あれは……」

「播磨さん、どうかしました？」

「いや、なんでもない。少し眼鏡の調子が悪くてな」

とっさに言い繕い、眼鏡に触れる。やや眉を寄せ、いま一度見やった。

田んぼの真ん中で、一体のカカシが回っている。

く~るり、く~るり。地面と平行に伸びた腕を振り、ゆるやかな速度で回り続ける。

そのカカシが突き立つ田の水は少なく、稲も直立しており、台風なんて来ていませんけど？　と言わんばかりに平常通りの状態を保っていた。

目を凝らすと、そのカカシがいる田から先は同じように稲が立ったままだ。

播磨はすばやく反対側の車道を見た。

そちら側の田は、台風が通ったと思しき悲惨な惨状であった。


かのカカシは神だ。紛れもない。


田の神であろう。田の被害を防ぎ、そのうえ水の調整もしているようだ。

その姿を播磨は凝視する。

あの姿は、常人にも見えるに違いない。現在、昼過ぎである。車も人の往来もさかんとは言いがたいがあるのだ。

いくらなんでも堂々としすぎだろう。

「なにを考えておられるのか……」

「え？　今日の夕飯のメニューですね。オレの好物なので、楽しみでしょうがないんですよ~」

違う、運転手に言ったわけではない。

「――頼むから運転に集中してくれ」

「アイアイサー！」

若手の運転手は調子よく答え、アクセルを踏んだ。

加速する中、播磨は通り過ぎるカカシを横目で見た。

カカシはこちらに注意を払うこともなく、うつむいて下方を見ている。

田にしか関心がないのだろう。


己に信仰を向ける者の田にしか。


播磨はため息をつき、背もたれに寄りかかった。

知っている。神の依怙贔屓（えこひいき）の激しさを、いやになるほど知っている。

播磨家の祖たる男神のせいで。

その時、余計な思考を払ってくれるかのように、車が細道へと曲がった。山の一部のような楠木邸が見えて、播磨の眉間の皺が浅くなった。


が、いざ表門と相対するや、播磨の顔は盛大に歪み、こめかみに一筋の汗が伝った。

盛夏の暑さ以上に神気の濃さに圧倒されたからだ。

まるで山の神が、己の存在を大声で誇示しているようではないか。

「まさかこれほどとは……」

方丈山のかずら橋が修繕され、多くの人間が入山するようになったのを播磨も知っている。

それにしても肌がひりつく。呼吸もしづらい。立っているのも耐えがたいほどだ。

——拒絶はされてないようだが。

いちおう湊に訪問を知らせてあるゆえ門前払いを喰らわされることはないだろう。思いつつ播磨は己を戒めた。

決して気を抜くまいと。

前回の訪問時、眠気を誘う山神の香気に抗えず、あろうことか三時間も爆睡してしまったからだ。

——しっかり睡眠を取ってきたから、今日は大丈夫だ。

視線を落とし、手土産の紙袋を見た。抜かりはない。ここにくる前に訪れた地で購入してきた物だ。

これで山の神の気を惹けるに違いない。つつがなく取引できる……はずである。

気を取り直し、インターホンを押そうと指を伸ばしかけたところで、湊の声が聞こえた。

「あ、播磨さん」

見れば、横手から湊が現れた。ラフな格好で、汚れた軍手を嵌めている。台風の後始末に追われていたのだろう。

「すまない、忙しい時に来てしまったみたいだな」

「いえ、ここは大した被害は受けていないので大丈夫ですよ」

彼が出てきたのは、山側にある塀の方からであった。そちらを一瞥し、湊は軍手を外した。

「敷地外の木がちょっと荒れたぐらいですから」

含みのある言い方は、敷地内は自然の猛威が振るわないゆえであろう。

とはいえ播磨は、台風の後始末の経験などない、坊(ぼ)っちゃん育ちである。塀沿いに落ち葉が入った大量の袋が置かれているのを目にし、つい労(ねぎら)いの言葉が出た。

「――大変だな」

「まぁ、そうですね。でも人も毎日たくさんの髪が抜けるから、木もそんなもんでしょう」

「木をそういう風に見なす者、はじめて会ったな」

声を立てて笑う湊が門戸を開ける。

途端、いままでと比ではない神気があふれ出し、播磨は口元を引きつらせた。

が、湊は平然と促す。

「さぁ、どうぞ。入ってください」

「――お邪魔する」

なけなしの根性で平静を装った。

門を抜けても、全身にかかる重さはない。気を抜かず、先をいく湊の背中を追って家屋の脇を歩む。

その途中、屋根から滑空してきた小動物が眼前の肩に張りついた。

「おっと」

さして驚きもしない湊が足を止めることもない。一方、播磨はギョッと目をむいた。

モモンガだ。しかも、神だ。

その気配で石灯籠にこもっていた神だと知れた。

モモンガはささっと湊の前面に回り、肩越しにこちらを見据えてくる。ちりちりと痛みをともなうそれは、好意的とは言いがたい。されど完全に敵扱いされているわけでもなく、ただ観察されているだけのようだ。

正直、いい気持ちはしないが、ここは湊の領域である。取り立てて文句をいうつもりはなかった。

そのうえ、それどころではなかったというのもある。様変わりした庭に足を踏み込んだからだ。

つい本音が口をついて出た。

「また改装したのか……」

「ええ、まぁ。山神さんがひさびさに派手にやっちゃいました」

肩越しに振り返った湊は苦笑している。

播磨は歩みを止めることなく、庭を見渡す。

大部分を丸い池が占め、その中央にクスノキが立っている。

また急激に大きくなったようで、御神木の威厳に満ち満ちている。やはりこの庭にはその姿が相応しく思えた。ただ以前とは樹形が異なり、傘のような風情である。その下は板張りの床となっており、そこへ至るための廊下が縁側から延びていた。

縁側近くの廊下の前で湊は靴を脱いだ。

「播磨さんもここから上がってください」

「――ああ」

湊はクスノキの方へと歩いていく。

それに倣って渡り廊下を歩みつつ、なお庭の観察を続ける。途中、池の一点に目が吸い寄せられた。

あんな山のような岩は以前からあっただろうか。それとも太鼓橋がなくなった代わりなのだろうか。

疑問に思うその足が次第に遅くなり、冷たい汗が背中を伝った。

濃い神気が漂ってくる。その源たる山の神が、クスノキのもとに御座すのをまざまざと感じるからだ。

相変わらず姿は見せてくれないが『ここにおるぞ』と神気で主張してくる。なぜか高級感あふれる座布団はなくなっているけれども。

それはさておき、一見とても居心地のよさそうな空間だが、そこに踏み込むのはためらわれた
――ちりん。

力強い風鈴の音に励まされたような気がして、播磨は形容しがたい相を浮かべた。

見れば、クスノキの下方にガラス風鈴がぶら下がっている。見せつけるように短冊を回すその器物は、付喪神なのだと知っている。去年も見たからだ。

妖怪であっても害はない。ゆえに退治する気はなかった。

かくして、粛々と取引がはじまった。

座卓を挟んで湊と差し向かい、その間に山神がいる。

なにゆえなどといまさら疑問に思うことはないが、そうではないモノもいた。

モモンガである。

湊の肩に乗ったその小動物は小首をかしげている。しかし厳粛な空気を感じ取ったのか、のそのそと湊の腕を伝って床に降りた。

するすると幹を登っていく途中、風鈴に緊張が走ったのを播磨は見逃さなかった。

モモンガが枝上に腰を据えたところで、湊が護符を差し出してきた。その代わりに手土産の紙袋を渡す。

「いつもありがとうございます」

「いや……。あまり時間が取れそうになかったから、ここにくる前に赴いた地の銘菓を買ってきたんだ。気に入ってくれるといいんだが」

山神が。

同じ旨を思ったであろう湊も同時に、座卓の一角を見た。ともに前髪が逆立ち、上着も翻る。双眸を細める二人は、床に水たまりができていくのを目の当たりにした。

「池は周りにあるんだけど」

湊が言うや、その水はシュワッと蒸発してしまった。とはいえ、そのあたりに神気が渦巻いており、播磨は口元をひくつかせながら、護符の確認をはじめる。

一方湊は、顔色一つ変えず山の神の神意を代弁する。

「山神さん、だいぶお気に召されたみたいですよ」

「そうか、それはよかった。こし餡だからイケるだろうと思ってな」

「よくわかっておいでで」

「あれだけ何度もこし餡の商品名ばかりを書かれたら、気づかないわけがないだろう」

『かりんとう饅頭（まんじゅう）』と書かれた護符を注視しながらいえば、湊は空笑いをした。

その笑いに同調するように風鈴が鳴る。

――ちり～ん……。

やけに後を引く音であった。風は吹いていない。

「ん？」

訝しげな湊が見上げ、播磨も眉をひそめた。

――ちりん、ちりん、ちりん。

段階的に音色が上がるにつれ、神気の濃さも増していく。

そして一陣の風が吹いた。

身構えた播磨が瞬きした次の瞬間、忽然（こつぜん）と真白の大狼が姿を現した。

体毛一本、一本が光り輝き、その輪郭を際立たせている。隣にどっしりと構えた御神体の山に似つかわしき、巨軀が伏せていた。

その外見ももちろんのこと、金色の両眼に何よりも目を引かれた。

太陽のようだ。すべてを灼き滅ぼす苛烈さを秘めているようで、播磨はしばし呼吸を忘れた。

だがしかし――。

「ほう、かるかん饅頭とな」

播磨の手土産たる紙袋を抱え込み、弾んだ声を出す様は威厳もへったくれもない。

「知っておるぞ。これは南の方の銘菓であろう」

しかも普通に話しかけられた。

「はい……そうです」

しかしながらいくら気安かろうが、油断してはならない。何しろ相手は神だ。それも山の神である。

播磨の背筋は物差しを入れたかのように伸びている。が、湊は姿勢こそ崩さないものの、緊張感の欠片もなく。

「あー、なるほど。風鈴の音は今から姿を現すぞのお知らせだったのか」

などと言っている。改めてとんでもない人物だと思う。

これほど神域に馴染み、どころか山の神に対して気負うことすらないのだ。

播磨が戦々恐々となった間も、大狼はのんきにしゃべっている。

「もう一つの包みはさつま芋タルトか。ぬぅ……」

「最近山神さんも洋菓子に慣れてきたから、ぜひいただくといいよ」

湊は笑顔が絶えず、大狼も訝しげに首をひねった。

「なんぞお主、やけに機嫌がよさそうではないか」

「そりゃあ、顔もゆるむよ。ようやく播磨さんにも山神さんが、見えるようになったみたいだからね」

「なにゆえ」

「同じ席についてるのに、俺だけが山神さんと話してるって、なんか変な具合だったでしょ」

確かにな、と播磨は心の内で同意する。

「左様か」とそっけない大狼であったが、ややバツが悪そうだ。

やけに人間くさい神だと感じた。

だからこそ、長くともに過ごせるのかもしれない。

ふたたびその御身を見やる。肌に圧迫と熱を感じる、恐るべき神圧だ。

もとより山の神は、屋敷神系の神とは格が違う。

人間への影響も著しいため、通常山から下りないものなのだが、眼前の大狼は違うらしい。

――相当特殊な存在ではないだろうか。

思考をめぐらせつつ、播磨は護符を確かめ終えた。それから居住まいを正す。

「ぬっ、はじめて食したが、実に独特な食感ぞ」

かるかん饅頭を咥(くわ)えた山神に見られながら、キョトンとしている湊へ頭を下げた。

「先日は大変世話になった。改めて礼を言う、ありがとう」

泳州町で悪霊退治に手こずり、湊が風の精に託してくれた護符のおかげで事なきを得たからだ。

電話でも礼を伝えたが、面と向かって言うのが筋だろう。

「あ、いえ、そんな」

頭を上げると湊はひどく狼狽したようで、意味もなく両手を彷徨わせていた。

「ぜひ、キミにお礼がしたいのだが」

「――もう、かるかん饅頭とさつま芋タルトをいただきましたけど」

「いや、そちらは別だ」

みなまで言わずともわかるだろう、と視線のみで告げる。

「ええ、まぁ……」

湊は口をもごもごしている大狼を一瞥し、微苦笑を浮かべた。

「なにかほしい物はあるか？」

「いえ、あの、ほんとにいいですよ。お礼の言葉だけで十分です」

こちらが用意した品より、本人が望む物がいいだろうと訊いてみたのだが、芳しい成果は得られない。

あまり物欲は強くなさそうだと思っていたが、案の定、見た目通りであったらしい。

どうしたものかと悩む時間は、ほんのわずかで済んだ。

「この御仁は、辛い物をいっとう好むぞ」

山神が天啓を授けるように宣ってくれた。

「ちょっ、山神さん！」

湊が焦っても、まったく気にしない。鼻先を突き出し、圧をかけてくる。

「ぬしの身内は、ちと変わっておろう。この御仁も興味を持っておるゆえ、家に招いて辛い物でもてなすがよい。それが何よりも礼になろう。ついでに我も出向こうぞ。心して迎えるがよい」

「御意」

突然の申し出であろうと間髪いれず返事すると、パクパクと口を開閉していた湊が口を閉ざした。苦言を申したかったようだが、諦めたようだ。存外、神に振り回されているのかもしれない。

さておき、神に望まれたからには全力で応えねばならない。己よりも家族の方が張りきるであろうが、そのためには知っておかなければならないことがある。というより聞いて帰らねば、家族に責められるのは間違いない。

「山神様、ちなみに彼は、どのような辛い料理を好むのですか？」

「かれーなる料理ぞ」

得意げに答えてくれた。

満足げな播磨の正面で、赤面した湊が両手で顔を覆った。

◯

いささか長居してしまった播磨は、急ぎ帰途についた。

播磨の乗った車が遠ざかっていくのと入れ替わるように、一羽の鳥が楠木邸へと飛んでいく。

翼を広げた鳥影が、田に突っ立つカカシにかかった。その動きに合わせ、へのへのもへじの書かれた白面も移動する。

カラスのごとき鳥の眼は——赤い。

式神だ。

それに気づくや、カカシ(田の神)の気配が尖った。

その頭にかぶる麦わら帽子のリボンがたなびく。

シュッと先端から神速で放たれた種籾(たねもみ)が鳥の胴体を貫いた。たちどころに紙片に変化し、粉々になって落下した。

「この間くれた美味しい菓子のお返しだ」

その言葉が湊本人に聞こえていなくとも、田神は欠片も気にしない。左右へ首を振りつつ、田の水の調整に戻っていった。

第11章 湊、過去を語るの巻

クスノキを見上げていた湊は顎を引いた。あぐらをかいた体勢で手のひらを床に当て、明瞭な声で宣言する。

「今日からここのことは、〝クスノキの部屋〟と呼ぼうと思う」

「そうさな」

あくびをかます座卓越しの山神は、どうでもよさげである。

「ここって東屋やガゼボとは違うし、離れとも言えないから呼びようがないんだよね。――名前があったほうがいいよね？」

見上げて訊くと、ざわざわと樹冠がうごめき、風鈴もかすかに音を奏でた。

こちらの人外たちは快く賛同してくれている。

「みんなの意見も一致したから、決定～」

笑顔の湊はその場に仰向けに倒れた。

手枕で見上げた先には、梢から七色の陽光が差している。クスノキの芳香もほどよく香り、心身ともに健やかになれる気がするうえ、いつまでもここから眺めていたい気分にもなる。

「クスノキの木陰でつくられた部屋って、すごい贅沢だよね。しかもゴロゴロできる！」

「そうであろう。人間はそうそう木のそばでは寝転べぬであろうからな」

「そうだね。人目があるし、虫にもたかられるし」

このクスノキに本来なら必ずいる益虫や害虫がいないのは、出所が不明な御神木ゆえである。

実感のこもった言い方をした湊の上方――枝にぶら下がる風鈴に、ジリジリとエゾモモンガが距離を詰めていっている。無茶はしないようだが、とにかく興味が尽きないらしい。

風鈴の方はややおののいているものの、その場にとどまっており、『拙者、ただの風鈴でござる』という姿勢を崩さない。

「風鈴はほんと健気だよね。山神さんちの妖怪たちとはずいぶん違う」

つい本音が漏れると、大狼が深く嘆息した。

「あの居候らは厚かましいゆえ」

家主に似たのでは、と思う湊はニヤけた。それを一瞥した山神であったが平然と訊いてきた。

「先日、その中でもとりわけやかましいやつに絡んでいったろう」

「烏天狗のことだよね。そう、あえて山の奥に向かったら出てきてくれたんだけど、ものすごくとっつきにくくて驚いたよ」

「あやつは、人間のように秩序だの決まり事だのにこだわりおる。それを乱す輩には容赦せぬ」

「あの山伏めいた格好なら納得かも。それに引き換え、古狸さんはだいぶ親しみやすいよね。実家に出入りしてる妖怪たちと似た感じがする」

ゆえに気負いもなく接することができるのだろう。

「ほう、お主の生家に集う妖怪はかように気安いのが多いのか」

「うん、そうだよ」

うむ、と何事かを思案した山神が尻尾をゆったり振った。

「お主は生まれし時から妖怪が視えておったのか」

「いや、それが突然視えるようになったんだよね。あれは五歳になったばかりの頃だったと思う――」

その日のことはいまでも鮮明に思い出せた。

淀みなく語られはじめた湊の昔話に耳を傾けるべく、山神は組んだ前足に顎を乗せた。

○

確かに湊は、生まれた時から妖怪が視えていたわけではない。

が、うっすら気配は感じていた。

五歳を迎えたばかりの湊は、菓子袋を抱えて家の廊下を歩いていた。

――誰かいる。

そんな気がしてかえりみた。

朝日に満ちた廊下はやけに明るい。障子に映る人影はなく、家族もいなければ、よく遊びにくる近所の人もいない。むろん併設された温泉宿の宿泊客がいるはずもない。

「気のせいかな……？」

首をかしげるその幼い顔は至極訝しそうだ。

こういう現象ははじめてではなかったからだ。毎回、なんとも言えない気持ちを味わっている。

「湊、どうした？」

居間の障子を開け、ひょっこり顔を出したのは、兄の航（わたる）であった。目元涼やかな白皙（はくせき）の少年である。

六つも歳上のため、体格差は歴然としており、湊の頭頂部はその背丈の半分にも届いていない。

「──なんでもない」

見上げた湊は一瞬口ごもるも、結局言わなかった。妙な気配を感じたとしても、いつも誰もおらず、どう伝えていいかわからないからだ。

「そうか。なら早くお供えを済ませるぞ」

「うん！」

即刻元気になった湊は駆け出す。

「廊下は走るなっての」

「ごめんなさーい」

謝りつつ歩調をゆるめるその顔も同じくゆるゆるである。

五歳になったその日より課せられた、大事なお役目を果たさねばならぬからだ。

お役目とは、毎朝必ず神棚に酒と菓子を供えることだ。楠木家独特のしきたりである。

酒ならまだしも菓子とはこれいかに。

とはいえ酒もお神酒ではなく、ワインやビール、焼酎や梅酒となんでもありであった。

本日は缶ビールである。

ゴトリ。腕を伸ばした航が、それを神棚に置いた。楠木家の神棚の位置は、一般的な高さより低い場所にある。

「重い酒は湊にはまだ早いからな」

「うん」

素直に頷く湊が持つ菓子袋は身に余るほど大きい。それを航は見やった。

「その菓子、結構気に入ってただろ。供えてもいいのか?」

「うん、いい。ボクが好きなお菓子、神さまにも好きになってもらいたいもん」

純真な湊は、お供え物は神あてだと信じている。

「——そうか」

真実を知っている航は、いたく優しい目をした。

それから湊の背後に回り、「よっ」と抱え上げた。

高くなる目線、迫る埃一つない神棚。そこへ、湊は丁寧に菓子袋を置いた。

満足気にまろい頰をゆるませた時、すっと横から菓子袋に伸びる手があった。

白い子どもの手だ。己と変わらぬ幼い手だ。

――どうして。

あり得ないだろう。どうやってこの高さまでこれたんだ。

そのうえ手首から先もなく、透けているではないか。

その奇妙な手が菓子袋をつかんだ。

ビクッと湊の身が震え、航は慌てて下ろした。

横からのぞき込むと限界まで目を見開き、口も開いたままだ。しかもわなわな震え出し、航は焦った。

「湊、どうした!?」

「じッ」

「じっ!?」

「じいちゃーーーん!」

湊は突如身を翻し、走って部屋を出ていった。

航が神棚を見上げれば、菓子袋は煙のように消えていた。

「あー湊、ついにわらしさんに気づいたのか……」

湊は爺ちゃんっ子である。なにかあれば習性のように真っ先に祖父に伝えにいくから、座敷わら

しを見たと報告しにいったのだろう。兄としてやや寂しくはあるが致し方あるまい。

「それにしてもわらしさん、珍しいな。いつも夜中にこっそり持っていくのに……」

ふふふ、小さな笑い声が居間に木霊する。その声が聴こえていなくとも、航は仕方なさそうに笑った。


ダダダダダダッ。足音を轟かせ、廊下を駆け抜けた湊が飛び込んだのは、台所であった。

痩せた背中に呼びかける。

「じいちゃん！」

「廊下は走るなて何回も言うたろうが」

面を上げることすらなく、祖父は叱った。

その視線はフライパンに注がれている。

現在、朝食の支度真っ最中であった。湊の両親は明け方そうそうに温泉宿に赴くため、家事育児はほぼ彼が担っている。

「なんだ湊、腹が減ったか？　ならメシをよそえ」

「お腹は空いてるけど、違う！　じいちゃん、変な子どもにお供え物とられちゃったよ！」

沈黙が落ちた。じゅー、目玉焼きとウインナーが焼ける音がその間を埋める。

「とうとうお前も視えるようになったか……」

つぶやいた祖父は、フライパンの蓋を開けた。もわりと上がる蒸気を避けるその姿はいつも通りで、ちっとも慌てる様子はない。焦れた湊は地団駄を踏んだ。

「じいちゃん！　お供え物とられちゃったってば！」

「とったわけじゃない。自分に供えられたものを持っていっただけだ」

「えっ、じゃあ神さまは子どもなの!?」

思いもよらず、湊は目を見張る。

「お前が見たその子どもは、神ではない――」

フライ返しで目玉焼きを皿に盛り終えると、祖父は湊をまっすぐに見た。

「妖怪だ」

「ようかい……？」

はじめて耳にする呼称であった。

「そうだ。不可思議な現象を起こせるやつらだ。あやかしやもののけと呼ばれることもあるな。お前が見たその子どもは、座敷わらしという」

ざしきわらし、と湊は復唱した。

「座敷に棲む子どもだから座敷わらし。まんまだな」

祖父は声を立てて笑った。その様子から、座敷わらしは無害なモノらしいと思った湊は、俄然興味が湧いた。

「――あの子、うちにすんでるの？」

「そうだ。お前が生まれる前からこの家に棲み着いとる」

「兄ちゃんよりも前から？」

「兄ちゃんどころか、わしが生まれるずっと前からおるぞ」

あんぐりと口を開けた湊であったが、すぐさま眉を寄せた。

「そんなに昔からいるなら、なんで子どものままなの？」

「妖怪は成長せんからだ」

「――じゃあ、ずっと小さいままなんだ……」

湊は居間の柱を見やった。そこにいくつも刻まれた線は、兄と己の身長を測った跡だ。その線の位置が上がるたび、跳ね回るほど喜んでいる。

そんな楽しみを座敷わらしは経験できないのだ。それを思うと少し切なくなった。

「湊」

妙に静かな声で呼ばれ、説教の時と同じで湊は自ずと背筋が伸びた。

「妖怪は誰にでも視えるわけじゃない。むしろ視える人のほうが珍しいといっていい」

「――じゃあ、じいちゃんは？」

それには答えず、祖父は視線を動かした。それに倣うと、廊下を白い影が過ぎゆくところであった。

「なにかいる……！」

「どう視えた？」

湊は手を頭上に目一杯上げ、さらに爪先立った。

「これくらいの高さの白くてもやもやしたモノだった！」

祖父は顎をさする。

「はっきりとは視えとらんのか。わしはお前よりもくっきり視えとる」

「ほんと⁉」

「ああ。しかしまぁ、いまはそれはいい。ともかく普通、妖怪は視えん。お前の父も母も兄も視えとらん」

幾度か口を開閉させた湊は、結局なにも言わなかった。

それをじっと見ていた祖父は、やけに厳しい面持ちで言った。

「湊、お前は人には視えないモノが視える。そのことを決して家族以外の者に言うんじゃないぞ」

湊は上目で祖父を見やる。

「人はな、たいがい自分の目で見えるもんしか信じん。自分が見えんもんが視える人を異常者扱いする」

「いじょうしゃ」

「頭がおかしいやつってことだ。そんな扱いをされたくなかったら、口が裂けても言うなよ」

湊はうつむいた。それをしばし眺めていた祖父は、パンッと両手を叩き、重くなった空気を一掃するように明るい声を発した。

「とりあえず飯だ、飯にするぞ。湊、腹が減ったろう？」

「――――うん」

「喜べ、我が孫よ。今日の卵は、さにーさいどあっぷにしたぞ」

たどたどしい発音に湊は首をひねる。

「なにそれ、どこの言葉？」

「えげれす、いや、めりけん語よ。しゃれとるだろうが」

「そうかー？　それにただの目玉焼きだろ。じいちゃん、無理して英語使わなくてもいいんじゃないの」

頃合いを見計らって台所に入ってきた航が、さらりとツッコんだ。


それからというもの、家の中で湊がゆく先々に座敷わらしが現れるようになった。

居間の座卓についていた湊は目を凝らす。

「わらしさん、いま廊下にいたのにもういない……」

ほんの少し視えただけだ。輪郭すらあいまいだったが、座敷わらしであろう。

首をめぐらせ、ほうぼうを見やる。

「ほかに妖怪は……いない。――たぶん」

湊は座敷わらしの幼い手を目撃して以来、ほかの妖怪も視えるようになった。

この家と温泉宿の方にも多数いる。そのことについて祖父に訊いてみると、座敷わらし以外は、ただ遊びに来ているだけだという。

そして座敷わらしは楠木家にとって守護神のような存在であり、代々〝わらしさん〟と親しみを込めて呼んでいるとも聞かされた。

その座敷わらしなのだが、ひどく素っ気なかった。湊が視線を向ければ、すっと消えてしまうのだ。

「むぅ、だいだいわらしさん足が速すぎるよ。ボクより小さいのに……」

湊よりも小柄な女の子だというのも教えてもらっている。

そんな座敷わらしと仲よくなりたいと湊は思っている。

同じ家に棲んでいるのなら、妹のようなものであろう。

さして視えない存在でも、お菓子を好むなら同類だ。

仲よく同じ物を食べて、楽しく遊べるに違いない。

湊は手元の菓子袋に視線を落とした。

「これも好きになってくれるかなー？」

今回用意した供物は、己が好物——辛子明太子煎餅である。明太子の芳醇な旨味、かつピリリと舌にしびれる辛さがニクい逸品だ。

子どもらしかぬ、渋い嗜好といえよう。

実は前回供えたこしょう煎餅を食した座敷わらしが、『からーい！』とたまげていたことを湊は知らない。

座敷わらしにはかねてより、昔ながらの素朴な甘味が供えられていたのだが、いまでは湊の好みにより、甘さ控えめの変わり種尽くしになっている。

湊は煎餅を一枚、座卓に置いた。

己の真横である。座布団も用意したから抜かりはない。その真ん中をポンポンと叩いた。

「わらしさん、ここに座ってね」

返事はない。じっと見つめ続けるも、白いもやは現れない。

「むぅ……」

どうも待ち構えていてはダメなようだ。

ならばと絵本を開いた。

目を通すふりをしつつ、いくども横を盗み見る。

だがやはり、小包装された煎餅は一ミリたりとも動かない。座布団に座る様子もない。

湊はしょんぼりと絵本に目を落とす。

「このおせんべい、キライなのかなぁ……」

カサリ。かすかな音がして、素早く横を見る。

とっくに煎餅は消えていた。

「あー！　わらしさん、もういないー！」

湊は座卓に手をついて立ち上がる。

ふふふ。とたとた。

小さな笑い声と逃げる足音が聴こえ、湊は目と口を大きく開けた。

数日後。庭木の手入れに励む祖父が、内縁を歩く湊を見やった。にこにこと笑い、スキップでもしそうな足取りである。

「どうした湊、えらいご機嫌じゃないか」

「うん！　じいちゃん、これ見て」

突き出すように出された両手が握るのは、クローバー。首を伸ばした祖父の視界に入ったその小葉は四つ。

「この四つ葉のクローバー、わらしさんにもらったんだ！」

祖父は仲介役めいた真似は一切していない。

湊が座敷わらし、ひいてはこの家に出入りする多くの妖怪とどう接するのかを、ただ静観していた。

この家は座敷わらしが牛耳っているようなもので、敷地内に入ってこられる妖怪は彼女のお眼鏡にかなった無害なモノだけになる。

そのことを誰よりも理解している祖父だからこそ、湊の自主性に任せているのだ。

ニヤリと笑った祖父は剪定(せんてい)ばさみを開閉した。

「ほほう、わらしさんとは仲よくなれたか」

そう言われた途端、湊は腕を下げ、ヘニョリと眉も下げた。

「たぶん……」

「なんだ、自信がないのか」

「——このクローバー、ほんとはわらしさんがくれたか、わかんないの。窓の外においてあったんだけど、兄ちゃんとお母さん、お父さんも知らないって言ったから、たぶん、わらしさんだと思って……」

「わしだとは思わんかったのか？」

爺が底意地の悪そうな顔をするも、湊は動じない。

「ぜんぜん思わなかった。だってじいちゃんはお土産くれる時、いっつも大きな声で呼んでくれるでしょ」

『航ー！　湊ー！　土産だぞーッ！』と毎度毎度帰ったそばから、向こう三件両隣にまで聞こえそうな大声で呼び、お披露目してくれる。こっそり窓の外に置くような慎ましい御仁ではないと、園児の湊ですら理解していた。

「なんだわかっておったか」

肩をすくめた祖父の視線が流れる。

湊の斜め後方——障子から座敷わらしが半身をのぞかせている。浴衣(ゆかた)をまとう幼女は袖で口元を隠し、クスクス笑っていた。

視線が合うと、袂(たもと)から取り出した駄菓子を振ってみせられる。

「それは駄菓子のお返しだと、わらしさんが言うとるぞ」

「ほんと!?」

「おう、後ろを見てみろ」

バッと湊が振り返ると、ひらりと袖が翻るところだった。

湊は勇んで追いかけようとするも、グッと踏みとどまった。

「わらしさん、追いかけられるのキライだもんね」

「ほう、学んだか」

「うん、追いかけたあといっとき、そばに寄ってこなくなるもん」

愉快気に笑った祖父は、松の木の伸びすぎた枝に剪定ばさみを入れた。


そうして、湊と座敷わらしのほのぼのとした交流は続いた。

家族もあたたかく見守り、湊も楽しんでいた。

だが、少しばかり困ったことも起きるようになった。

家に出入りする妖怪たちまでも、ちょっかいをかけてくるようになったのだ。

家の廊下を歩いていると肩を叩いてきたり、落とした物を隠されたり。どれもささいといえばささいなイタズラにすぎないが、いままでになかった出来事ばかりで、湊は戸惑うばかりだ。彼らにいいように遊ばれていた。

今日も昼下がり、外出からの戻りしな門を越えた瞬間、妖怪に帽子を取られたのであった。

ひゅっと突然頭が涼しくなって、湊は見上げる。

頭一つ分ほど上に、黄色い帽子が浮かんでいた。

枝に引っかかったわけでも、近くにいた誰かに取られたわけでもない。

妖怪の仕業にほかならないと気づき、湊は腕を伸ばして取ろうとする。

けれども帽子はさらに上昇する。届きそうで届かない絶妙な高さに、湊はかんしゃくを起こした。

「もー！　ボクの帽子、返してよ！」

背伸びをするも、その高さの分だけまたも上がる。

「あー！」

悔しげに大声を発すると、

「あひゃひゃひゃっ」

けったいな笑い声が返ってきた。

同時、毛むくじゃらがうっすら現れた。なぜか他の妖怪よりよく視えるそれは、猿に似た風貌をしている。成人男性以上の体軀ながら、門に片方の後ろ足をひっかけ、逆さまの体勢で帽子をつまむという、軽業師も真っ青な妙技を披露してくれている。

「ヒヒだな！」

睨む湊はその名を知っていた。祖父に聞いたからだ。

狒々(ひひ)は近くの山に棲まう妖怪なのだが、頻繁にここを訪れ、離れの露天風呂を我が物顔で利用している。

それを家族が咎めることはなく、湊もうちの宿は人ならざるモノにも人気なのかと誇らしく思ったものだ。

だがしかし、己をからかってくるのだけはいただけない。

「あひゃ！」

狒々は笑いながら帽子を右へ左へと動かす。ムキになってそれについていくとさらに腹を抱えて嗤う。

「うー！」

歯噛み(はが)した湊は、やや距離を取った。ダッシュして跳び、ガシッと帽子のつばをつかめば、あっさりと取り戻せた。

地面に足をつけ、見上げた時には狒々の姿はそこになかった。


困ったことがあれば、まず祖父に相談する。

湊のその行動は一貫しており、その足で向かったのはむろん台所の番人たる祖父のもとであった。

「じいちゃん、聞いて。妖怪がボクにいじわるするの！」

キリリと眉を吊り上げ、怒りをあらわにする孫を、キャベツの千切りに忙しい祖父はかえりみることもない。

「あやつらは暇しとるからなぁ」

「ヒマ!?」

「そうだ。ほかにさしてやることがないから、お前にちょっかいをかけとるんだ」

「なにそれっ、ヒマだからって、ボクにいじわるしていいわけないよ！」

「そうだ、その通りだ」

賛同の声をあげたのは、床にあぐらをかいた兄であった。祖父のお手伝い——絹さやの筋を取っている真っ最中である。

「兄ちゃんもいじわるされるの？」

「いまはないな。俺もお前ぐらいの歳にあまりにもしつこくされたから、啖呵を切ったことがあるんだ。その時以来、ほとんどされなくなったよ」

「——ボクもこの前強くいったけど、ダメだったよ……」

「まだ足りないんだろう。湊、やられっぱなしじゃ、男がすたるぞ。もっとガツンといけ、ガツンと！」

「うん……！」

スパッと絹さやの筋を引いた兄に発破をかけられ、湊の闘志に火がついた。

「よし、いちおう解決したな。なら湊も晩飯の支度を手伝え」

「はーい」

促した祖父によい子のお返事を返し、湊は兄の横に座った。

翌日の昼過ぎ、家の門の前に仁王立ちする園児の姿があった。

「まあどうしたの、湊くん。おうちに入りたくないの？」

近所のおばさんに心配され、湊は振り向く。

「ううん、そんなことない。いまから入るよ」

合戦に赴く武士のごとき佇まいに、「あらあらそうなのね〜」とおばさんは口元に手を添えながら去っていった。

それを見届けることなく、湊は門を睨み据えた。

玄関までのアプローチに誰もいない。もちろん玄関口や庭にも。不自然にゆれる庭木や奇妙な音もしない。

「でも、絶対ヒヒはいる……！」

ぎゅっと握りしめるその手にさがるバッグからガサリと音が鳴った。

「これがあれば負けないはずっ」

昨夜、寝る寸前まで考えた末の秘策である。

兄はもっと強く文句を言えといっていたが、湊は、己が怒りをあらわにしたところでさして迫力はないと知っている。

ゆえに、別の手段を取ることにしたのだ。

「よし、いくぞ」

肩を怒らせた湊は、門の敷居(しきい)をまたいだ。

ふわりと帽子が浮く感覚がしようと、前を見据えたまま。その足も止めることなく数歩進んでから、ようやく振り仰いだ。

門の屋根に座した狒々が帽子をかぶっていた。

眼元まで唇をめくり上げて歯をむき、思いっきり小馬鹿にしている。

――おのれ、ヒヒめが。

胸の内で祖父の口真似をしようとも、湊は表情を変えない。

「ヒヒ、ボクの帽子返して！　それとボクにいたずらしないって約束してくれるなら、このお菓子をあげるよ」

ずいっとバッグを狒々へと差し向けた。

狒々は両手で頭から帽子を取り、くるりと回し、またひょいとかぶる。それを繰り返し、悩む様子をみせた。

がさりと湊がバッグをゆらす。

「これ、刈谷さんとこのカステラだよ。ほしくないの？」

ビクリと狒々の輪郭が震え、湊はニンマリと嗤う。

「ヒヒ、これ好きでしょ。神棚から取っていくとこ見たもんね」

小躍りする様を見たことがあった。

狒々の唇が元に戻り、赤い両眼があらわになった。そのまなこに見下され、湊は背筋が粟立つ恐怖を覚えた。いまさらながら、相手は異形のモノなのだと思い知らされた。

しかし引いてはならぬ。ここで逃げ出したら男がすたるのだ。

そろりと毛むくじゃらの腕が伸びてくるも、震える湊はバッグを握る力を強めた。

「――先に帽子を返して！　じゃなきゃ、あげないよっ」

狒々が両眼を細める。ひょいと屋根から飛び降りつつ帽子を取り、馳せ寄ってズボッと湊の鼻が隠れるまでかぶせた。

「うわっ」

驚く湊のバッグから中身だけを抜き取り、すぐさま家の壁面を駆け登った。

「あひゃひゃひゃひゃひゃ！」

「もう……」

帽子のつばを上げた湊が見たのは、家の屋根でカステラを掲げ、勝利の舞に勤しむ狒々の姿であった。

目の覚めるような青空を背景に、白いもやをまとう猿が躍る様は実に滑稽で、湊は自ずと笑顔を浮かべた。

◯

あの日と遜色ない鮮やかなスカイブルーの空が広がっている。

成人男性となった湊の視界を埋めるのは、クスノキの緑色の樹冠だけれども。

風になびく大狼の白い毛も狒々のものとはずいぶん異なる。

仰向けの湊が語る昔話をずっと聞いていた山神が、組んだ前足から顎を上げた。

「して、その後エテ公はいかにした」

「エテ公て……。狒々だよ」

相変わらずの口の悪さに、湊は苦笑するしかない。

「イタズラはしないっていう約束の言葉はくれなかったけど、それから帽子は取らなくなったんだよね」

「ほう」

「ただときどき独特な笑い声を立てるから、そっちを見ると自分のお尻を叩いてみせられた」

「からかわれておるではないか」

「うん、まあ、でも害はないよ。転びそうになった時、助けてくれたこともあるし。襟首の部分を引っ張られたから首が絞まって苦しかったけど」

大狼が喉を震わせて笑う。

「さほど視えぬ相手とも積極的に交流したがるなぞ、お主は小さな時分からとことん酔狂よな」

「そうかな……。まぁそうかもね。でもそれができたのは、うちだったからだと思うけど」

妖怪が視え、声も聴こえ、話すことも可能な祖父を除外すれば、父は妖怪の気配がかすかに知覚できる程度、母と兄に至っては気配すらわからない。

にもかかわらず、妖怪の存在を認め、彼らと共存することに違和感を覚えていないのだ。

彼らにしてみれば、次男坊は虚空に話しかけたり、笑いかけたりしているようにしか見えないだろう。されど奇異な目で見ることは一度としてなかった。

「俺は恵まれてる。ありがたい環境で育ったんだなって思うよ」

「そうであろうな。たいていの者は狭量ゆえ」

温度のない声色の山神は、それに似合う無表情だ。

「顔と態度に出やすいお主は、視えない者の前では、ごまかすのも苦心したであろうよ」

「——まぁ、それなりにね……」

たいそう焦った時のことを思い出し、湊は目を逸らした。

その視界に入道雲が映る。

あの日も今日と同じく高空に入道雲が浮かんでいたものだ。

○

ふたたび時は、数年前にさかのぼる。

入道雲の影にすっぽり覆われた田舎道を歩む、ランドセルを背負う二人の少年があった。

下校中の湊と幼馴染みの蘭丸(らんまる)である。小学五年生の二人はともに汗だくで、たわいない会話を交わしている。

「あぁ〜つぅ〜いぃ〜」

「暑いって言ったら余計暑くなるよ……」

不満を言い続けている蘭丸に、湊も不満を申した。

「けどさぁ、暑いもんは暑いっしょ」

「そうだけど。あ、じゃあ、涼しくなることを考えようよ。今日のおやつ、かき氷なんだよね～」

「えー、羨ましー。つーか、オレんちにもアイスがあるもんね！」

勝ち誇ったように笑い出した蘭丸と打って変わって、湊は盛大に頬をひきつらせた。

蘭丸の背後――大木を盾にした妖怪にのぞかれているのに気づいたからだ。

かろうじて輪郭がつかめる程度にしか視えないが、妖怪の大きさが問題であった。

でかい。

見上げてもてっぺんが確認できぬ巨人であった。

湊どころか、幼馴染みもまとめて丸呑(まるの)みできそうだ。

そんな心配が頭を掠(かす)め、湊は下唇を噛んだ。

――うち以外で妖怪に遭った時は、相手に気取られる前に即座に逃げろ。

数年前に他界した祖父の教えを守るべく、湊は行動に移す。

「ら、蘭丸っ、早く帰ろっ！」

「なにどうしたの、湊？　急に急いで……？」

「えっと、か、かき氷っ、そう、かき氷を早く食べたいんだっ。ほら、早くいこう！　走ってッ！」

むりやり理由をひねり出した湊は、蘭丸の手を引っ張った。しかし後ろに体重をかけられ、全力で抵抗されてしまう。

「い～や～だ～！　こんなあっつい中走るとか、マジ無理～」

「大した距離じゃないだろーッ！　早く帰って家の手伝いだってしなきゃならないし！」

蘭丸の家も温泉宿を経営している。より意固地になった幼馴染みはその場にしゃがみ込んだ。

「だからこそ、いやだー、まだ帰りたくな～い！　湊、もっと遊んでいこうよ～！」

「ダメだって！　歩けってばー！」

その伸びた腕の先で湊は一人、奮闘を続ける。

じーわ、じーわ。樹冠に潜むセミの声はまるで湊を笑っているかのようだ。

一方、その大木に半身を隠した妖怪は動くこともない。

ただじっと、じーーーーっと湊を凝視している。

その針のごとき視線を痛いほど感じ、湊は涙目になった。

パンッ。

突然破裂音が響き、湊と蘭丸の動きが止まった。一斉に飛び立ったセミが四方八方へと散っていくなか、凛とした声がする。

「少年たち、いつまでも炎天下で遊んでいると、熱中症になってしまうよ」

いつの間にか入道雲の影も過ぎ去り、陽光が照りつけていた。明るい道の真ん中で、佇む男が両手を合わせている。

先ほどしたのは、この者が両手を打ち鳴らした音のようだ。

五十絡みであろう。和装にパナマ帽という、なかなかお目にかかれない和洋折衷な出で立ち(いたち)をしている。足元に置かれた旅行鞄(トランク)をつかみ、歩み寄ってくる。小柄だが、ブレることのない体幹が巨樹を思わせた。

パナマ帽の男は眼前までくると、気遣わしげに湊と蘭丸を交互に見た。

「大丈夫かい？」

「――あ、は、はい」

「――う、うん。いや、はい」

呆けていた湊と蘭丸は、夢から覚めたように答えた。

同時、湊は柏手がした時に頭から吹き飛んでいた巨人のことを思い出した。

大木を見やると、あの妖怪はいなくなっていた。

深い安堵のため息が口からついて出て、視線を戻すとパナマ帽の男と視線が勝ち合った。ひゅっと息を呑んだ。

怖いくらいに真剣な相貌であった。今し方の慈愛に満ちた態度がまやかしであったように。

にこりと、パナマ帽の男がつくり笑顔を浮かべる。

「少し訊きたいことがあるんだが、訊いてもいいかい」

「――はい」

警戒しているのを悟られたようで、パナマ帽の男はやや困った表情になった。

「この近くに温泉宿が集まった所があると聞いてきたんだが、どのあたりにあるかわかるかい？」

湊と蘭丸は目を見交わした。

己たちの家がある温泉郷のことなのは紛れもない。そこは山あいにあるから、わかりにくいかもしれないけれども標識などが至る所にあって、主要な交通機関から迷わずいけるようになっている。

ゆえに迷う客は非常に珍しい。とはいえ世の中、方向音痴はいるものだ。男の出で立ちと訛りのない口調から、遠方からはるばる赴いてきたのは疑うべくもない。そのうえこの男が通りかかってくれたからこそ、妖怪が消えてくれたのかもしれないのだ。素直に答えることにした。

「知ってます。俺たち、いまからそこにいくんですよね」

帰るとはさすがに言わなかった。

男の服装やトランクは、年季が入っていようとも上質な物のようで、真っ当な人物に見える。が、本性なぞ知れたものではない。それを人生経験の浅い小学生たちに見抜けるはずもなく、警戒するのは当然であった。

ふと湊は思う。男はいったいいつから近くにいたのだろうかと。もしかすると、己が口走ったことを聞いていたのかもしれない。

とはいえいまさらだ。

「じゃあ、一緒にいきましょうか?」

「ありがとう。ぜひお願いするよ」

傾斜のきつい坂道をゆく二人の少年のあとに、パナマ帽の男が続く。

男が見渡す左右には、古式ゆかしい建築様式の建物が点在し、道脇の至る所から蒸気が吹き出している。

「大変情緒のある温泉街という感じだね」

湊と蘭丸は同時に答える。

「かなり昔からありますからね」

「そう？　オレらは小さい頃から見慣れてるんで、なんとも思わないけどぉ」

いらぬことを言った幼馴染みの脇腹を湊は肘で小突いた。

その視線はふたたび後方の男へと流れる。

目的地についたであろうに、男は一向に離れようとしないからだ。

そろそろ湊と蘭丸の自宅兼温泉宿も近い。蘭丸の家は、次の橋を渡った先になるため、道を違える。蘭丸と視線で会話し、湊が尋ねた。

「あの、宿の予約は取ってあるんですか？」

「いや？」

「あー、なら泊まれないかもよ？」

蘭丸が言うや、和装の男はパナマ帽を押し上げ、湊を見た。

「そうなのかい？」

「このあたりの温泉宿、だいたいどこも予約で埋まってるんです」

「この時期に？」

いまは夏である。繁盛期でもなかろうと男は表情で語る。小学生たちは一様に誇らしげに笑った。

「年がら年中、人気なんですよ」

「な〜。泉質もいいし、どこの宿も居心地サイコーだからね〜！」

「そうかい、それは素晴らしいね」

感心したように告げた男は、静かな目で湊を見た。

「ならば私もぜひとも堪能したいものだ。だから、君のお宅にいって交渉してみることにするよ」

「えっ!?」

湊と蘭丸はそろって素っ頓狂な声をあげた。


かくして、パナマ帽の男こと葛木角之丞は、晴れて〝くすのきの宿〟の宿泊客となった。

たまたまなのか、なんなのか。毎夏長期宿泊する常連客が急遽キャンセルになったらしく、離れの一室が角之丞の仮の住まいとなった。

むろん角之丞は、備えつけの露天風呂ならびに母屋の温泉も満喫し、ぞんぶんにくつろいでいるようであった。

反して、妖怪たちは落ちつきがなくなった。


休日の朝、湊は宿の手伝いに向かうべく、家の玄関を開けた。

ブワッと白いもやが迫ってきて、視界を埋め尽くされる。

「うわっ」

とっさに腕で顔面をかばった。その両脇や頭上を我先にと大量の白い塊が抜けて、わらわらと廊下を駆けていく。

群れなす妖怪であった。

「またこっちに来たんだ……」

家内のほうぼうへ散っていく、実に厚かましきそれらを眺めていると、「けひっ」と奇妙な笑い声とともに頭に軽く乗られ、飛び降りていくモノまでいた。

「そんなにお宿の方にいたくないのかなぁ」

彼らは普段、温泉宿に入り浸っている。

しかし葛木角之丞が来てからというもの、家の方に押しかけてくるようになった。

「もういないかな?」

玄関扉を持ったまま見渡し、妖怪の姿がないかを確認する。

「閉めるよ～」

わざわざ小声で知らせるのは、入りそこねた妖怪に八つ当たりをされたくないからだ。

妖怪連中は、湊に対してのみ遠慮がないのである。


温泉宿はすぐ隣だ。

そこへ至る砂利道を通っていると、いつもなら道脇に潜む妖怪にすれ違いざま、ちょっかいを出されるのだが、まったくなかった。

「平和だ」

湊は何事もなく母屋まで到達し、見上げる。

「あー、こっちもいなくなってる……」

二階建ての母屋の屋根に、常にシャチホコばりに陣取っている妖怪もいない。敷地内がやけに静かな気がして、湊は形容しがたい相を浮かべた。

妖怪たちは遠慮知らずだが、さほど害があるわけでもなく、空気に近しい存在だといえる。幼少期から彼らがそばにいるのが常態で、いなくなると妙な胸のざわつきを覚えた。

「あひゃー……っ」

唐突に聞き慣れた声を耳にし、湊はすぐさま目を転じる。離れの屋根を四つ足で行ったり来たりしているモノがいた。

「あれ、狒々だよね……？」

ニクイあんちくしょうは、いつだって陽気で楽しそうなのだが、いまは苛立たしさをあらわにしていた。その原因に湊は思い当たった。

「あ、そっか。離れに葛木さんが泊まってるからか」

狒々が飛び跳ねて踏んづけるその真下に、葛木角之丞がいるのだろう。そのせいで己が専用風呂と思っている露天風呂に飛び込めないのだ。

眺めていると、狒々は両腕を振り回し、不満を訴えてくる。が、湊は厳しい態度を取らざるをえない。

「ダメだよ。それにお客さんに迷惑かけないでよ」

そちらの肩を持つのは当然だろう。無銭飲食・宿泊の妖怪とは違う、正規のお客さんなのだから。

狒々は唇をめくり上げて奇声を発し、憤懣やる方なし！　という態度を見せつけたあと、跳躍して山へと帰っていった。

「まぁ、明日またくるだろうけど……」

そうつぶやく己を離れの窓から見つめる人物――葛木がいたことを、湊は気づかなかった。


ともあれ湊はやや憂いていた。

何しろ様子がおかしくなったのは、入り浸る妖怪たちばかりではない。

座敷わらしも同様であったからだ。


湊が母屋の勝手口から一歩踏み入ると、パリッと大気が裂ける音が鳴り、天井や壁が軋んだ。

――わらしさん、超不機嫌だ……。

胸の内で湊は頭を抱えた。

この怪奇現象は、座敷わらしの機嫌が悪い時に起こるのだ。

彼女は家と温泉宿を自由に行き来しており、今日はこちらにいたらしい。湊が廊下を渡る間、その音の度合いと空気の冷たさが増していく。

座敷わらしは、棲み着いた家に繁栄をもたらしてくれる妖怪である。おかげで楠木家が経営する宿は常に繁盛しており、ありがたいことこの上ない。

が、いまのこの状態は少々困る。

待合室についた時、客人たちが身を縮こまらせていた。

「ねぇ、なんか寒くない？」

「ほんと、冷房効きすぎよね」

これはまずい。物理的に影響が出てしまっている。

どうしようと焦る中、よりひんやりとした冷気が漂ってくるのを知覚し、湊はそちらを見た。

玄関口に座敷わらしが立っている。

こちらに背を向けている様は、通せんぼするようだ。

その姿がいつも以上に明瞭に視えるのは、彼女の気が荒れているからこそであった。

座敷わらしの腰に結ばれた帯と髪の毛が大きく翻り、その姿越しに一人の男が見えた。

宿の浴衣をまとっていようと、トレードマークのパナマ帽で葛木角之丞だと容易に知れる。

その帽子を押し上げ、角之丞は相貌をあらわにした。

恐い貌だ。

常に浮かべている薄い笑みはなく、他者を圧するほどの威圧——霊気を放っている。

それを知らない湊であったが、産毛が逆立つ感覚を味わっていた。

ふらりと座敷わらしが前へと踏み出す。

「あっ」

意図せず湊は手を伸ばしていた。

彼女を角之丞のもとへいかせていいのか、わからない。しかしその場には、容易に近づけない雰囲気があった。

「湊、なにしてるの。早くこっちに来て手伝ってちょうだい」

「――う、うん」

後方から母に声をかけられ、湊は従わざるをえなかった。


宿の仕事を心あらずでこなした湊とは裏腹に、座敷わらしはごく普通に戻った。

そして葛木角之丞も。

いままで愛想はよくとも、どこか一線を引いた態度であったのだが、会えば気安く声をかけてくるようになった。

とはいえ観察するような視線はいただけない。

この日もそうであった。

宿の受け付けのカウンターで湊が書き物をしていると、後方の待合室にいる角之丞が熱視線を送ってくるのだ。のんびりと椅子に腰掛けているにもかかわらず、目つきだけが異様に厳しい。あまりの居心地の悪さに、湊はもぞもぞと足を動かした。

――早いところ書き上げてしまおう。

特急でペンを走らせていると、母に咎められた。

「湊、走り書きはダメよ。癖になるわ」

「えー、あー、うん」

「それにお仕事中の返事は『うん』じゃなくて『はい』でしょう」

母はオンとオフをきっちり分ける教育をするタイプである。普段の言葉遣いも丁寧にしておかなければ、とっさのときにボロが出るのよ、と常々言いつけられてもいる。

けれども湊はまだ小学生であり、生意気盛りでもある。不満げに間延びした返事をする。

「はい、は～い、わかりました～」

「もう、この子ったら」

と苦笑されるなか、湊は言いつけを守ってトメハネを意識し、一字一字、丁寧に記していく。

「――不安定だねぇ」

突然真横からそうつぶやかれ、湊は持っていたペンを強く紙に押しつけた。

ペン先からインクがにじんで広がっていく。

その中に含まれていた翡翠色――祓いの力もなくなるのが、湊の横から覗（のぞ）き込む葛木角之丞の視界にのみ映っていた。

それを知る由もなく、告げられた言葉の意味もわからず、湊はただ困惑するしかなかった。

「えっと、なにがですか？」

にっこりと角之丞が笑う。歯を見せることなく、至って上品な笑い方である。

が、だいぶ胡散くさい。

「気にしないでほしい。続けてくれるかい」

至近距離から直視されつつ字を書くなぞ、無駄に緊張するではないか。

「あの、その……」

まごついていると母にまで促され、しぶしぶ――だが、必要以上に力んで一線を引いた。角之丞はかぶりつきで見つめている。

「上手だね。とても読みやすい字だ」

「あ、ありがとうございます」

そんなに褒められたら、舞い上がってしまうではないか。おかげで線が歪んでしまった。

が、その字は翡翠色に照り輝き、なおかつ文字が増えるにつれ、その光度も上がりはじめた。

「習字を習っているのかい？」

「いいえ、学校で習ったぐらいです」

「ほう、それだけでここまで美しい字が書けるのなら、大したものだ。おじさんは字が下手だから、羨ましいよ」

湊は褒められたら木を駆け登るタイプである。いかんなくその性質が発揮され、

「丁寧に書けば書くほどいいねぇ」

と葛木が称賛するにつれ、祓いの力もぐんぐん上がっていく。

それを老獪なおっさん（葛木角之丞）が楽しげに眺め続けたのであった。

その時のことを語っていた湊の声を遮るように、大狼は特大のため息をついた。

「ものの見事に乗せられおって」

「あー、やっぱり？」

湊は空笑いしつつ、山神の面前へ湯飲みを置いた。

かつてまったく馴染みのなかった世界のあれこれを知った今、当時を振り返るとそうであったろうなと気づいていた。

葛木が言った『不安定』とは、むろん祓いの力の出具合にほかならない。自覚する前の走り書きには、ほとんど付加されていなかったからだ。


大狼はふんふんと湯飲みを嗅ぎつつ、上目で見てくる。

「以前、その男に表札を乞われたと云うておったろう」

「そう、その数日後だったんだよ、表札をつくったの。それを宿に掲げた直後に、おじさんにもつくってほしいって言われたんだ」

「そのオヤジ、ほくそ笑んだであろうな。相当喰えぬやつぞ」

ぬぅと唸る大狼の鼻筋に深い皺が寄る。

「葛木さんは、俺の字に祓いの力が入ってるとは一言も言わなかったけど」

ペロッとお茶に舌を浸したのち、大狼は口周りをひと舐めする。

「さて、そやつの本心はわからぬが、生まれ持つ才は必ずしも自覚させ、引き出した方がよいとは限らぬ」

「――そうなのかな」

「むろん。とりわけお主の力は、悪霊を祓うことに特化しておる。ゆえにそやつも慎重を期したのやもしれぬ。――そのうえそやつは、流れの祓い屋であろう。ひとつどころにとどまりはせぬ。才能があると促したとて、最後まで面倒はみられはすまい」

そうだったのかと湊は腑に落ちた。だが気になる言葉があった。

「流れの祓い屋とは？　葛木さんは陰陽師じゃないの？」

「温泉宿に長逗留（とうりゅう）してのんびりしておるなぞ、忙しない陰陽師ではなかろう。昨今では退魔師と呼ばわる者であろうよ」

「――ああ、播磨さんもそういう方たちがいるって言ってたね」

市井の祓い屋の者たちをそう呼ぶという。そのうえ、もう一つ思い出した。

先日町中で見かけた、湊とも縁のある式神に懐かれていた葛木のことを。

それは葛木角之丞とよく似た息子の小鉄（こてつ）であったのだが、そのことを湊はまだ知らない。

過去の出来事を思い返し、しみじみといった口調で言う。

「あれだよね。妖怪たちが葛木さんをいやがっていたのは、仕方のないことだったんだね」

「左様。己たちを退治できる力を有する者ゆえ、天敵と云うてよかろう」

「――妖怪たちが減ってる様子がなかったのは……？」

「無害ならむやみに祓わぬやつなのであろうよ」

「そっか」

ただ葛木角之丞が座敷わらしとどのようなやり取りをしたのか、気になるところだ。

「今度実家に帰った時、わらしさんにあの時のことを訊いてみようかな」

答えてくれるかわからないけれども。

視線で催促され、山神の湯飲みにお茶を注ぐ。

「そうしてみるがよい。そのうえお主の妖怪せんさーのれべるも上がっておるゆえ、以前より鮮明にあれらの姿が視えるであろうよ」

その視線が促す山の方を見れば、塀から突き出た上半身があった。猫背で禿頭（とくとう）の山爺は鮮明に視えた。

「グヒヒッ」

目が合うや顔中で笑われ、苦笑を返すと身を翻して木立に紛れていった。

ここのところ方丈山在住の妖怪も、楠木邸周辺にしばしば出没するようになった。

実害はない。ただ視線がうるさいだけだ。とはいえそのおかげで妖怪の気配をより知れるようにもなっている。

山神の言う通り、実家に戻ったら馴染みの妖怪たちのこともよく視えることだろう。楽しみが一つ増えて、湊は口角を上げた。

「あ、そうだ。わらしさんにお土産買っておかなきゃな」

近々里帰り予定である。

第12章

怒らせてはならぬヒト

住宅街の道を歌いながら歩む一人の女児があった。

ステップを踏む都度、背負うランドセルの中で筆箱が鳴り、振り回す体操着袋が風を切る。

晴れやかに笑うその口から高音が出るたび、あたりに漂う瘴気が祓われていく。

それを当人は気づいてもいない。最後に高らかに歌い上げ、空にいた悪霊を一体祓ったのち、口を閉じた。

その時、盛大な拍手が起こる。

「とても素敵な歌声だね。思わず聞き惚れてしまったよ」

振り仰ぐと、にこやかに笑う和装の男がすぐ後ろにいた。己が祖父と同年代であろうが、粗野な身内とは異なり、いたく上品な印象を受けた。なんといっても、今どきなかなかお目にかかれない装束である。

そんな身なりのよい大人に褒めそやされ、小学生は真っ赤になった。

彼女は歌を歌うのが好きだ。気分が高揚すればつい口ずさんでしまう。しかし残念ながら音痴である。親兄弟や友人からもいい反応をされたことがない。

ゆえに見知らぬ他人に絶賛され、有頂天になってしまった。

「そ、そうかなッ!? あたしそんなに上手だった!?」

「ああ、すごくいい声だよ。もし君が歌手になったらぜひともＣＤを買いたいぐらいだ」

「そ、そんなに……！」

両頰を押さえ、あわあわとなる小学生に男はさらに笑いかける。

「綺麗に高い音が出ていたから、特にそこがよかったよ。もっと高い音域が出せるようになったら、いま以上に君の歌声は素晴らしいものになるだろうねぇ」

「あ、あたし、もっと歌の練習ガンバルッ！」

「いいねぇ、応援しているよ」

柔和な顔を崩さず、陰陽師葛木小鉄の父――退魔師の葛木角之丞はその場を離れた。

いまのご時世、見知らぬ子どもにただ声をかけただけで、不審者扱いされかねないからだ。

「言いたいことは言った。今後どうするかはあの子次第だ」

風を切るように進むその口角は上がっている。

「非凡なる才能の塊に出会えるのは、いつだって喜ばしいものだねぇ」

その才を伸ばすちょっとした手伝いをするのも。

全国を旅していると、時折そういう者とめぐり会える。それもまた旅の醍醐味でもあった。

「それにしても歌で除霊ができるとは珍しい。昔出会った少年並みに希少な存在だろうね」

角之丞は空を見上げた。

あの少年――さる温泉宿の次男坊とはじめてあった日と同じ夏空が広がっている。

この空のもと、大人になった彼――楠木湊はどうしているのだろう。あれから非凡な祓う力を伸ばしたのだろうか、それともその力を遣うことなく失ってしまったのだろうか。

前者であればいいと思いつつ、出会った当時に思いを馳せた。


湊少年はあまりに濃い妖気をまとっていたため、妖怪を使役する一族の倅かと疑ったのだ。

しかし道端の無害な妖怪に怯えているあたり、なんとも違和感が拭えなかった。

基本的に、その手の血筋のもとに生まれし者は独特な佇まい――影を背負っている場合が多い。

蛇の道は蛇である。たいてい見抜けるが、湊少年はごく普通にしか見えず、至ってまともな家庭に育ったようにしか思えなかった。

念のため家までついていくと、やはり両親や兄も一般人で、曰くのある一族ではなかった。

が、その住まいと温泉宿は問題であった。

妖怪だらけだったのである。しかも元締めたる座敷わらしが恐るべき妖力を持っており、異様に警戒されて対峙することとなったのだ。

――うちのカゾクに手を出すな。ミナトにもいらんことをするな。

座敷わらしはたどたどしい話し方ながらも、角之丞の血も凍るような剣幕であった。

あの敷地内は彼女の領域であり、絶対なる支配者だ。

さしもの角之丞も分が悪く、降参のポーズをとるしかなかった。もとより無害――人間に対して友好的な妖怪を退治するつもりはない。

山のようにいる妖怪に潮が引くように一斉に避けられ、少々傷ついたのは誰にも言えないことである。


片笑みを浮かべる角之丞は、パナマ帽を目深に下ろした。

その左右に漂っていた悪霊の半身が突如消失し、断末魔の声をあげて散りゆく。

姿を消している式神――シャチ二体が喰らったせいであった。

角之丞の歩調に合わせ、二体のシャチが宙を交差しつつ、周囲にはびこる悪霊を喰らうや、あっさりといなくなってしまった。

『オヤジィ、こんなよわっちぃ悪霊ばっかじゃ物足りねぇよぉ』

通常の色彩をした黒いシャチが不満を漏らせば、配色の反転した白いシャチも同意する。

『ですです。このあたり――方丈町でしたか。なんでしょうか、この悪霊らの骨のなさは。歯ごたえがなさすぎます』

両脇からのブーイングに角之丞は動じない。

「弱くて結構。むしろその方がいいんだよ」

『全然よくねぇ、まったくもってつまらねぇ。なぁオヤジ、もっと喰いがいのあるやつがいっぱいいるとこいこうぜぇ！』

『ですです。親父殿、即出発しましょう。ええ、可及的速やかに！』

「お前たちは……。私はそろそろ引退したいんだけどね」

いい加減、移動続きの生活は肉体的に厳しい。もうひとつどころに落ちついてもいいだろう、愛(いと)しの妻と息子家族のもとに。

シャチたちがびちびちと背びれを振る。

『なに言ってんだよ、オヤジィ！　まだ早いって！　現役バリバリっしょ！』

『ですです。親父殿に敵(かな)う術者も、いまだ現れてはいないではありませんか！』

「ああ、だから鍛えようと思ってね。――うちの孫を」

『あぁ、まぁ……』

『――です……です。それは確かに有効な手立てではありますね』

式神らも認めざるをえない孫とは、角之丞の一人息子の次男のことである。

父と兄を凌(しの)ぎ、祖父たる角之丞にも匹敵する膨大な霊力を有している。だが十代半ばになっても依然として霊力を持て余し、振り回されている。

「あの子が私と同じ道を選ぶというのなら、退魔師としてのノウハウも叩き込まなければいけないからね――」

突如角之丞は言葉を止め、シャチ二体も気配を尖らせた。

行く手から黒衣の男が歩んでくる。

ひょろりと背の高い中年男だ。全身黒でまとめている以外、とりわけ目立つ特徴もない。人相が判断しづらいほど野球帽を深くかぶっているが、さして珍しくもないだろう。

ただ、ぶつかり合った目の油断のならなさと、放つ雰囲気は極めて異質であった。

――同業者か。

角之丞が察したと同時、行き違った相手が舌打ちした。

○

夏の盛りでも幾分過ごしやすい早朝。

刷毛（はけ）で引いたような雲が漂う青空のもと、北部の商店街にほど近い公園にたくさんの野鳥が集まっていた。休日ともなれば、多くの子どもが駆け回って遊ぶくらいの広さがある。

そこの地面を埋め尽くすほどの野鳥の中心に、ぽっかりと丸い空間が空いている。

みなが注目するそこにいるのは、ピンクのひよこである。

鋭い眼つきの鳳凰が、ピンッと後方へ片方の翼と脚を伸ばした。野鳥たちもその動作に倣う。

鳳凰が反対側も同様に行えば、むろん野鳥たちも。

この動きは俗に、スサーと呼ばれている。

お次に鳳凰は前屈みになって、翼を根元から持ち上げて広げる。正面からその体勢を見ると、天使が翼を広げているように見えることから、俗にエンジェルポーズと称されている。

幾多の野鳥も即座に、まったく同じポーズをキメた。

その一糸乱れぬ、統率された動きはまるで――。

「軍隊みたいだ」

公園の入り口脇——フェンスを背にして突っ立つ湊が、ボソッと感想を述べた。

公園内にいる人間は湊のみである。

しかしながら、フェンス越しに眺める者はチラホラいる。

「鳥遣いの人って、ここまで野鳥に言うことを聞かせられるんだ……。とんでもねぇ」

「スゲーよな、鳥遣いの人」

違います。すごいのは鳳凰です。

そう言えるはずもなく、湊はギャラリーの感嘆の声を聞き流す。

バサバサと多くの野鳥が翼をバタつかせ、闘志をあらわにし出した。

準備は整ったようだ。

そう、鳳凰と野鳥たちが行っていたのは、競争前の準備体操（ストレッチ）であった。


そろそろと歩いて、跳んで、野鳥が鳳凰の左右に一直線に並んだ。

カラス、ハト、ヒヨドリ、メジロなどなど。いずれも若い鳥で、鳳凰の相手をするのに不足はあるまい。

意気込む鳳凰に視線を送られ、湊は頷く。

「よーい——」

パンッと両手を打てば、公園に鳴り渡った。

しゅんっ。真っ先に駆け出したのは、もちろんピンクのひよこであった。先陣を切るその両脚はあまりに速く、見えない。

シャカシャカと公園の外周を周り、コーナーに差しかかる。野鳥らも負けじと二本脚を駆使して猛追し、ドタドタばたばたとコーナーを曲がっていく。

「いや、飛べよ」

見学者のツッコミの声が重なり、ズベッと一羽のカラスが滑って転んだ。

どっと沸くギャラリーの端を野球帽をかぶった人影が横切る。

そのことに気づく者はいなかった。

○

みんなとの運動会を終えた鳳凰は、たいそうご機嫌であった。

商店街へと歩を進める湊の肩で、ピヨピヨ鳴いている。それを横目に見る湊もむろん機嫌がよい。

「だいぶいい運動になったみたいだね」

『この上なく』

パタパタとはためかせる翼は立派な羽で覆われており、産毛は残すところ頭部のみとなっている。

「もうひよことは呼べそうにないね。若鳥でいいのかな」

『うむ。とはいえそう呼ばわる期間もあっという間に過ぎるだろう』

「そっか」

湊は相好を崩す。いまの姿もそれはもう愛らしい。けれどもこの姿は、鳳凰が弱っていることを意味する。

「早く大きくなって元の姿に戻れるといいね」

一度目にした美しい姿を思い描く湊とは対照的に、鳳凰は口ごもり、風に翼をなびかせた。

湊にそう望まれているにもかかわらず、気に入りの職人を見つけたら、加護を与えることをやめられないからだ。

居心地悪そうに足踏みし、わざとらしく話題を逸らした。

『ではまず、駄菓子屋へ参ろうか』

今日の目的の一つは、座敷わらしへの土産を買うことである。しかし別の目的もあった。

「いや、いいよ。先にこの前の刺繍職人さんの所にいこう。鳥さんが心待ちにしていた刺繍が仕上がってるだろうからね」

『ならば、職人のもとへ参ろうか！』

ピンッと鳳凰のトサカが立ち、高揚感をあらわにした。

そんな他愛のないやり取りをする湊と鳳凰は、すっぽり翡翠の膜で覆われている。出所は湊のボディバッグだ。数枚のメモに祓いの力を込めて記してきていた。

むろん鳳凰を護るためである。

商店街のアーケードが見えてきた所で、湊は首をめぐらせ、往来する人々を注視した。

悪霊と瘴気を察知するべく神経を研ぎ澄ませるより、人間を観察した方がはるかにわかりやすく、かつ早いからだ。

山神から忠告を受けたあと、よくよく考えた。

悪霊の声やそのいきさつを知り、深く関わる覚悟はあるのかと。

答えは、否だ。

先日、悪霊になりかけていた蛇の恨みつらみの感情に触れた時の恐怖・嫌悪感を思い出すだけで、不安が胸に押し寄せてくる。いても立ってもいられなくなる。

そして何より、冷酷に悪霊を斬り捨てることはできやしないだろう。

ゆえに悪霊や瘴気を感知すべく感度を高めようとする行為はやめた。

いまの己でわかることだけを最大限に利用すればいい。


通行人たちに異常は見受けられない。

〝鳥遣いの人〟としての己に、気安くあいさつをしてくる名も知らぬ者たちの表情に陰りもなかった。

気をゆるめた湊の肩がわずかに下がった時、ブワッと鳳凰の翼が広がった。

「おっと、新たな職人さん発見かな？」

肩へ目を向けた湊の笑みが瞬時に消える。

鳳凰の様子がおかしい。

小刻みに身を震わせ、眼を見開いており、その瞳孔が膨張、収縮を繰り返している。

一般的な鳥でも興奮時に見られる現象だが、尋常ではなく速かった。

「鳥さんっ」

声を張ったその視界の端を光がかすめた。

それを目で追い、湊の顔が驚きに染まる。

それは、一頭の黒い蝶(ちょう)であった。が、通常のモノではない。

淡く光を発し、ひらめくその羽根からきらめく鱗粉(りんぷん)をまき散らしている。ひらひらと遊ぶように湊の周りを一巡し、路地へと飛んでいく。

「いまの蝶は……っ」

バサリと羽音がした瞬間、肩が軽くなった。

湊はとっさに腕を斜め上へと伸ばす。

「まっ」

待って！

出かけた大声をすんでで止めた。大勢の人の前でこれ以上突飛な行動は取れなかった。

ありえないことが起こってしまった。

鳳凰は今、野生のヒナ並みに弱い。その現状を誰よりも理解して弁(わきま)えているため、湊と外出した際、そばを離れたことはない。

ましてや湊の声に応えないなど、一度としてなかった。

飛び立った鳳凰は、脇目も振らず蝶を追って路地へと羽ばたいていく。

それを追跡すべく、湊も地面を蹴った。


幾度も曲がり角を折れると、次第に道幅は狭くなっていった。

建物の影で暗く沈んだ路地裏は、人の気配もない。

早足の湊は焦った。目線より上を飛ぶ鳳凰はまったく振り返らず、ただ、ひらりひらりと飛ぶ蝶だけを一心に追い続けている。

まるで心を奪われてしまったかのように。

確かに蝶は美しく、一流の職人の手による細工物のように見える。もしそうならば、鳳凰が惹かれてしまっても致し方なかろう。

――いや、本当にそうなんだろうか。

湊は躍るように舞うその姿を凝視し、顔を歪ませた。

言いようのない不安を感じる。

これ以上、鳳凰を追わせてはならない。

そう思ううえ、激しい警鐘も脳内に鳴り響くが、だからといって、いったいどうすればいいのか。

無理やりその身を捕まえるべきなのか。

それはできそうになかった。何度も触れたからこそ知っている。

鳳凰の体はひどく脆い。乱暴に扱おうものなら、容易くその命を奪えそうなほどに。

――そうだ。アマテラス大神の力に頼ればいい。物理的に閉じ込めてしまえばいいのではないか。

そう思いついた時、鳳凰が鳥かごめいた檻に捕らえられた。

一瞬のことだった。横手から飛んできたそれが挟み込んだ直後、鳳凰のくちばしから悲鳴がほとばしった。バタつかせる翼から羽根が抜けていく。

「捕らえたぞ！」

嬉々とした声をあげたのは、建物の陰で手印を結んだ男であった。

野球帽をかぶった黒衣の退魔師――園能。泳州町で悪霊を増やしていた安庄と行動をともにしていた男だ。


そのことを湊は知らない。

見知らぬその男が両目をギラつかせ、顔中で笑っている。

鳥かごの中で若鳥が苦しみ、もがき、絶叫していようと、ただただうれしそうに笑っている。

「こいつさえいれば、いくらでも動物霊が手に入るぞ」

大口を開けて高らかに笑う。

が、その奇声が家屋の壁に反響したのは、ほんのわずかな時間で終わった。

爆風が吹き荒れたからだ。

「な、にッ」

狼狽した園能は、顔面をかばいつつ見た。

湊を起点にして渦巻く、いくつもの風の刃を。

無数の刃が蒼く煌めく。縦横無尽に舞い飛ぶそれらが、鳥かごを切断し、あっけなく消え去る。

若鳥が落下――するはずもなく。その周囲だけあたたかな風が漂い、その身を包んでいる。

しかし横たわる鳳凰はピクリとも動かない。

抜け落ちた羽根が風に舞ううちに、その姿を消していくなか、湊は鳳凰を手元に引き寄せ、両手で包んだ。ポケットへと移動させるその目は昏い。

――護れなかった。

己の翡翠の膜――祓うだけの力では護れなかった。

あの黒い蝶と檻がどういうモノなのかはわからない。

ただわかるのは、己が生来の力ではあれらに対抗できないということだ。

ならば、神の力に頼るしかないだろう。

「かはっ」

真正面から風を喰らった園能が宙を飛び、壁で身体の側面を強打した。

「な、ん、なっ」

まともに言葉も出せず、盛大によろけつつ湊を見るだけだ。その顔面は驚愕をあらわにしている。

園能は知るはずもなかった。鳥遣いの人と呼ばれる人畜無害そうな眼前の男が、恐るべき神の力を宿すことを。

「ありゃあ、なんの術なんだッ」

その身体自身から風が吹き出しているようにしか見えない。

湊の周囲に式神などいない。いかなる呪術なのか。

しかしのんきに考えをめぐらせている場合ではなかった。風は強くなる一方で、吹き飛ばされないようにするのが精一杯だ。

そのうえ、天気まで崩れはじめた。見る間に積乱雲が発達して空を覆い、雨が降り出した。

家屋の屋根や地表を叩く滝のごとき水は、容赦なく園能の全身を濡らしていく。

けれども、湊は変わらない。乾いた服装のまま佇んでいる。

身の危険を感じた園能は這々(ほうほう)の体(てい)で逃げ出した。

「ぎゃっ」

破壊音とともに倒れた看板がその道を塞いだ。


ここは町中である。

路地裏といえども、誰の目があるかもわからない。普段の湊であれば、こんな場所で神の力を行使するなどありえない。

が、いまは怒りに我を忘れているため、その力を振るうことにためらいはなかった。

雨を含む暴風が吹きすさび、家屋の窓やドアが軋み、庭木が荒れくるう。その中を、湊はいたくゆっくりと園能に近づいた。

「ひぃ」

濡れて滑る看板を乗り越えようと、男はみっともなく足掻く。

雷鳴が響くなか、それを湊は据わった目で見つめた。

――この輩は、みすみす逃すしかないのだろうか。

先日、泳州町を悪霊だらけにした男はお縄についたと聞くが、この男はそうはできないだろう。狼藉を働いた相手は、鳳凰――霊獣に対してであり、人間ではないからだ。

人間社会のルールはただでさえ、動物に無体を働こうとも大した罪にはならない。

――ならば、こいつは誰が裁くのだ。

この手の手合いは、多少痛い目にあったところで改心なぞしやしないだろう。

たとえしたとして、それはいつになる。明日か、一年後か、それとも十年後か。

その間、また同じことをしない保証はどこにある。誰がしてくれる。

――次は誰を狙うつもりだ。霊亀か、応龍か、麒麟か。

湊のオリーブ色の目が剣呑に細まる。

「させるものか」

天を覆う積乱雲に稲光が枝分かれして走った。

同時、爆発的に風と雨が吹き下ろし、けぶる厚い壁が北部商店街をぐるりと覆った。

その中心地で、湊が放った風の刃が園能の手をかすめ、看板を斬り裂いた。

「ぎゃああ！」

横手へ倒れ、男は白目をむいた。

その身体に距離を詰める途中、湊の頭にある閃きが走った。


男は手印を結んでいた。おそらくそれが、妖しげな術を発動させる条件なのだろう。

ならば、その両手を切り落としてしまえばいい。

さすれば、二度とよからぬ術は行使できまい。


突如世界が真白に染まる。

轟く神鳴り。迫りくる衝撃波。ゆれる地面。

ビリビリと鼓膜が振動しようとも、無表情の湊は倒れた男を見据えたままだ。

その身のうちで風神の力がうねり、その背に火焔光背（かえんこうはい）のごとく蒼い炎が立ち昇っている。

湊は人指し指を男へと向ける。突然横から伸びてきた手に手首をつかまれた。

「ずいぶん変わった力を身につけたようだね」

見れば、和装をまとう高齢の男であった。

ずぶ濡れの衣装が肌に張りつき、パナマ帽からも水が滴っている。

すっとその帽子が引き上げられ、懐かしい顔が現れた。

「か、つらぎ、さん」

在りし日のままとはさすがにいかず、増えた皺が流れた年月を感じさせた。

けれども、大樹のごとき佇まいは一向に変わっていない。

——そうだ、この方だ。

先日、方丈町南部で見かけた人物は別人だったようだ。

確かに姿はよく似ていたが、こちらを圧倒してくる覇気がまったく違う。その背後に二体のシャチが浮かんでいる。かつて己が番号を振った色違いのぬいぐるみだ。つくり物であるというのに、心配そうに見つめてくる。

「そろそろ力を抑えないと、町が一つ滅びてしまうよ」

そういう葛木角之丞の声は至っておだやかだ。しかし強い視線を向けてくる。

恐い貌だ。

かつて感じたことを再度強く思った。そうして、ようやくあたりに意識が向いた。

三階建ての建物に囲まれた薄暗い場所に葉や物が散乱し、塀からせり出す庭木が倒れそうにしなり、外れかけた裏木戸が音高く開閉している。台風が直撃したかのような有り様と成り果てていた。

むろん原因は己から生じる風のせいだ。

一刻も早く止めなくてはならない。わかってはいる。

だが、抑えがきかなかった。

まだ怒りは冷めやらない。この煮えたぎる気持ちはどこにぶつければいいというのか。

奥歯を嚙みしめ、視線を落とす湊に向かい、葛木角之丞は湊のポケットを一瞥して言葉を重ねた。

「いいのかい？　傷ついたその霊獣をいつまでも放っておいても」

パタリと風がやんだ。


その頃、その真上にあたる積乱雲の上であぐらをかく二体の子鬼があった。

横並びのうり二つの容姿をしており、皮膚の色が赤と青という対称的な彼らは、風神と雷神である。

膝上の雷鼓（らいこ）に手を添えた雷神が眉根を寄せた。

「ねぇ、アタシの出番なくなっちゃったんだけど」

たいそう不満そうでも、風神は肩をすくめるだけだ。

「そうだけど、もともと人間が起こしたいざこざだったんだから、人間同士で片がつくならそっちの方がいいでしょう」

ちょいと動かすその人差し指から細い糸が垂れている。真下へと伸びており、その先端は湊の魂につながっている。

「もう冷静になれたみたいだね。じゃあ、力を戻してあげよう」

青い人差し指が下を向くと、糸を伝って蒼い光の珠が降りていった。

湊がどれだけ荒ぶっても、周囲の建物などが原型を保ったままでいられたのは、風神が湊に与えた力を半分以上取り上げていたからに他ならない。

もとより、自らの力ゆえに減らすことも増やすことも思いのままだ。

蒼き珠が湊に吸い込まれるように入っていくのを眺めていた雷神は、雷鼓の表面に指で円を描いた。

「力を取り上げるのがもうちょっと遅かったら、町が一個吹き飛んでいたわよね」

「まあね。別に町の一つや二つなくなろうと僕は一向に構わないけど、あの子が正気を取り戻した時、気に病むだろうからね」

そうだろうけどぉ～、とむくれた雷神が仰向けに倒れざま、雷鼓を放り投げた。霞のごとく消えゆくそれを見ることなく、赤い子鬼はジタバタと手脚を動かす。

「つまんな～い！　ひさびさに暴れようと思ったのにぃー！」

半目になった風神が嘆息する。

「人間たちを建物から出さないために、派手に神鳴り鳴らしたでしょう」

「あれだけじゃ、全然足りないわ。それにほとんどアンタの雨で事足りたじゃない」

「まあね。あ、そうだ。雨雲回収しないと」

風神は背負っていた風袋の口を開け、ズゴゴゴーッと掃除機のように積乱雲を吸い込みはじめた。

雷神はころりと腹ばいになり、雲間から下界をのぞく。方丈山の林冠の鮮やかな色、茂り具合が鮮明に見えた。

「ちょっと寝ていた間に少し時間が経ったみたいね。方丈山（山神）の色を見るに、いま夏よね？」

「みたいだね」

どうでもよさそうだ。二神に日付の感覚なぞない。

方丈山のお膝元にポツンと建つ一軒家――楠木邸の屋根を雷神は見下ろす。

「最後に、あのおうちにお邪魔したのは春だったかしら？」

「そうだね。桜餅を出してくれたよね」

かねてより時間も日付も気にせず、過ごしてきた。しかし楠木邸に遊びにいけば、旬の食材を用いた料理でもてなしてもらえる。

ゆえに季節は気にするようになった。

両手で支えられた赤い顔が愉（たの）しげに綻ぶ。

「夏の食べ物ってなにかしら？」

「去年、夏野菜たっぷりカレーと冷やし中華とそうめんを食べさせてもらったよね」

「そうそう。やだ、思い出したら食べたくなっちゃったじゃな〜い」

「僕も。とりあえず海に手土産をとりにいこうか」

「それもそうね。よ〜し、大物を狙うわよ〜！」

シュバッと立ち上がった雷神の声が、晴れた高空に響き渡った。

第13章 神の庭で夏祭りもどきを開催します

暑気冷めやらぬ夕刻。黄金色に染め上がった神の庭、その中央——クスノキのもとに、そうそうたる顔ぶれがそろっていた。

湊、山神一家、四霊、そして風神雷神だ。

あぐらでくつろぐ二神を前に、この家の管理人が平伏している。

わが国の伝統礼式、土下座である。

湊は二日前の案件を山神から聞かされている。

二神は、湊が風神の力を行使する姿を人の目から隠すべく、嵐を起こしてくれたこと。もっぱら風神が力を調整してくれたおかげで北部が壊滅を免れたことを。

「誠に、誠にありがとうございましたッ」

「いいよいいよ、大したことじゃなかったからね」

鷹揚に風神は微笑み、雷神も同じく。

「そうよ、あれだけじゃ物足りないぐらいだったしね」

にこやかに笑っているであろうそのご尊顔を直視できそうになく、湊は面を上げられなかった。

神々にとって町の災害など取るに足りないことなのだと態度で告げている。

けれども湊にとってはそうではないのだ。

いくら怒りにかられたとはいえ、限度があるだろう。

幸運というべきか、むしろ当然というべきか、損害を受けた建物・人的被害はゼロであった。

ただ、盛大に風邪をひいた退魔師がいるだけだ。

むろん鳳凰を捕らえようとした、あの園能である。


あのあと園能の処遇は、葛木角之丞に委ねた。

『伝手があるから任せておきなさい』と告げた時の彼は、背筋が寒くなる霊圧を放っていた。任せたらどうなるのか不安を覚えたものの、園能のそばにいるとまた平常心を失ってしまいそうで、その言葉に甘えることにした。

ついでに事の発端となった、黒い蝶と檻についても聞いてみた。

あれは、霊獣を呪縛する呪法だという。

そんなろくでもないものがあるのかと、度肝を抜かれたのはいうまでもない。

いまさらながら、己は無知だと思い知った。

風変わりな力を有し、活用していながら、それに関わる世界のことをほとんど知らない。

知ろうともしなかった。それでいいと思っていた。

陰陽師や退魔師などになる気は微塵もないからだ。

しかしながら身近にいる、ほぼ身内のような存在を脅かされるのなら、そうもいっていられないだろう。

第二、第三の敵が現れる可能性もある。またも鳳凰が狙われるかもしれないのだ。

その肝心の鳳凰といえば――。

『うむ、少しばかり涼しくなったな』

傍らで翼をはためかせつつ、のんきにつぶやいた。

鳳凰は無事であった。

やや羽は抜けてしまったが、若鳥サイズのままで至ってピンピンしている。

その若鳥を囲む霊亀、応龍、麒麟は呆れ気味である。

「まぁ、辛気くさい話はもういいじゃない。ご飯にしましょ、これを使ってね！」

どんと突然雷神の手に出現したのは、魚介の束であった。折り重なるさまざまな魚、イカ、エビなどなど。今回も大漁であったようだ。

「アタシねぇ、いかにも夏！っていう料理を食べてみたいの。よろしくね、料理人さん」

満面の笑みで、ずいっと眼前に突きつけられた。

「かしこまりました」

受け取った湊は、この日はじめての笑顔を見せた。

かくして、宴と相成った。

いまや夜の帳が下りて星の姿が見えるも、神の庭は明るい。庭の外周に提灯のごとき明かりが灯り、クスノキにぶら下がる風鈴もランタンのように光を放っている。

その橙色が照らす管理人は料理人と化し、コンロ――鉄板の前で腕を振るう。

「夏といえばやっぱり祭りだよね。お祭りといったら、屋台飯。となったら、焼きそば一択でしょ」

異論は認めぬという気持ちを込めて、豪快にソースをぶち撒けた。炒めた肉、野菜、イカが瞬く間に茶色く染まり、もくもくと湯気が吹き上がる。香ばしい香りが拡散し、周囲のモノたちが鼻をひくつかせた。

その傍らの七輪でも、甘辛いしょう油の煙が上がる。こちらはセリとトリカが、イカととうもろこしを焼いている。

ほどよく焼けて身が縮んだイカに、トリカは刷毛でタレを塗った。

「イカ焼き、うまそうだな……」

うっとりとしたその言葉に頷くセリも、同じくとうもろこしにタレを塗りつける。

「同じ物を塗っていますけど、とうもろこしはまた異なった味わいなのでしょうね」

「ぬう、しかし我はしょう油味ばかりでは食い飽きるわ。やはり旬の食材はそのものの味を楽しむものぞ」

珍しく山神も調理に参加しており、皮付きのとうもろこしを網の上で転がしている。すでに表面はまっ黒焦げだ。

「うむ、よき塩梅である。そろそろよかろう」

ちょいと引き寄せ、爪を用いて皮をはぐと、鮮やかな黄色い身がお目見えした。粒も一つ一つがいまにも弾けそうに膨らんでいて、大狼の眼が輝く。

「ならば、いただこう」

ガリリッと前歯でこそげ取った。


神々が参加する宴は、至って自由である。

己が食したい、飲みたい、呑みたい物を好きなだけが基本スタイルのため、準備万端に整えて音頭を取ってからという形式張ったところなぞあるはずもない。

風神と雷神も刺し身をつまみつつ、酒を楽しんでいるし、四霊はすでに出来上がりつつある。


とうもろこしを味わう大狼は蒸気を発しながら、尻尾を振っている。

「山神さん、お味はどう？　なんて訊くまでもないね」

湊が笑うと、山神はとうもろこしを挟み持ち、奥歯で芯を噛んだ。

「――うむ。素晴らしき、みずみずしさと甘さぞ。やはり食べ物は旬の食材に限る。味が生きておるわ」

「味が生きているとはまた変わった言い方だね。でもなんとなくわかるよ」

焼きそばを皿に盛る湊の鼻をあまぁ～い香りがくすぐった。

後方ではしゃぐ、ウツギとカエンが見つめる機械が発生源だ。

小ぶりな綿あめ機である。

その中で回転する雲めいた飴に、両前足で割り箸を持つエゾモモンガが挑む。

「今度は麿がやってみる……！」

「うん、いいよ。やってみて～」

出来上がった綿あめをかじりつつ、ウツギが言った。

カエンがかき回す割り箸に、綿あめがまあるく形づくられていく。

「いい感じにできたね～！」

ウツギが褒めようと、カエンは割り箸を引こうとしない。

「まだ足りない。もっと大きくしたいのじゃ」

「そんなに綿あめ気に入ったの？」

カエンは顔を輝かせる。

「うむ！　口の中に入れた瞬間溶ける感触が面白いのじゃ。そして甘い！　かような甘味があったとは驚いたぞ」

「そっか、でも欲張りだね～。綿あめの形、崩れてきちゃってるよ」

「あ！」

カエンが割り箸を振って調整しようとするも、綿あめはいびつになる一方だ。焦るその体が機械に近づきすぎ、割り箸もろとも綿あめをかぶってしまった。

「あらあらおチビちゃん、不器用ね～」

ひょいと横手から伸びてきた赤い手が、カエンの身にまとわりつく綿あめの塊をはぎ取った。

その隙にウツギがカエンの体を後ろに引っ張る。

身ぎれいになったカエンが綿あめを口に運ぶ雷神を見上げた。

「――ら、雷神どの、まことにかたじけない」

やけに強張った声と態度であった。


カエンは犬が大の苦手で、狼たる山神を前にすれば必要以上に怯えていたのだが、それ以前に神格の差に萎縮していた。

とはいえ山神はもとより威光を振りかざさないため、だいぶ慣れてきている。

だが風神・雷神とまともに相対するのは今宵がはじめてとなる。異様に緊張していた。けれどもそれは致し方ないことでもあろう。

何しろあえて彼らの神格を王侯貴族でたとえるなら、王と男爵である。

絶対的に届かない、敵わない相手たちだからだ。


綿あめを食べ終えた雷神は、極上の笑みをたたえた。

「元気そうでよかったわ、おチビちゃん」

「そうだね。自分の力もようやくちゃんと扱えるようになったみたいだしね」

雷神越しに顔を傾ける風神も愛想よく笑う。

そのなんでもお見通しなところと底知れぬ笑顔は、カエンの緊張を解すには至らなかった。むしろ悪化させた。

まごまごするカエンの様子をこっそりうかがっていた湊が、助け舟を出した。

「カエン、焼きそば食べる？」

「……っ。いただく！」

二神にガバリと頭を下げ、一目散に湊のもとへと走っていく。

風神と雷神は目を見交わし、ともに肩をすくめた。

人間どころか神にも恐れられる二神は、こういう事態に慣れている。

「そのうち慣れると思うよ〜」

のんびり綿あめを頬張るウツギは笑った。


ちゅるちゅる。エゾモモンガが一本の焼きそばをすする。

両手が汚れるのはやむを得まい。うまそうに食べてくれるなら、気にすべきではなかろう。

動物体のモノは基本的に米や麺類は食さないが、カエンはなんでも食べる。

ぴるぴる震える尻尾を眺めつつ、湊も焼きそばを頬張った。

「――うーん、いまいち。屋台特有の、あのパサつきは出せなかった……！」

無念なり。夏場は無性にあの味と食感が恋しくなるも、家庭で再現するのは難しい。

ごくんと嚥下したカエンがふたたび麺を手に取る。

「そんなに違うのか？　麿はこの麺のカリカリした部分が美味で好きじゃ」

「ありがとう。炒める前にいったん焼いたからね」

野菜やイカ類に加える前――水洗いした麺をごま油で焼色がつくまで焼いておいた。この調理法なら、あまり水っぽくならない。さらに太麺――ちゃんぽん用なところも湊のこだわりである。

今日はあえてB級グルメにしていた。

なにせ近々、播磨邸へ赴く予定となっている。いかような住まいなのか想像もつかないが、一般的ではなさそうだ。

播磨とその父の雰囲気から、やんごとなき家柄であろうことは想像に容易い。豪華な昼食も待っているかもしれない。

そんな約束を勝手に取りつけてしまった山神に、苦言を申さなかったのにはわけがあった。

山神には目的がある。

そう感じたからだ。それがなんなのかはわからないが、悪いことではなかろう。

思いつつ湊は周囲を見渡した。

大狼が焼き上がったあっつあつの焼きイカに噛みつく。

「うむ、こちらもなかなか」

ニンマリと両眼を三日月形にし、その傍らで風神と雷神も焼きそばに舌鼓を打つ。

「あら、おいしい。人間は暑いと麺類を好むみたいね」

「さっぱり食べたいんだろうね。暑さがわからない僕らにはわからないけど。――このソースの味は癖になりそうだね」

ね、と頷き合う二神の下方では、霊亀が大きな盃になみなみと満たされた酒に浸かっている。

『この呑み方、贅沢の極みぞい』

『貴殿がよいのならよいのではありませんか』

ビールジョッキから面を上げずに麒麟が言い、鳳凰も果実酒へくちばしを突っ込むのをやめない。

『少しばかり羨ましいな。余はそのように飲むことはできん』

その都度、上を向いて喉に流し込まなければならないからだ。

ヒックとしゃっくり上げる応龍が、ハッとヒゲを逆立てた。

『思いつきもせなんだ。なれば、朕もかように呑めばよいではないか……！　ああ、ワインは樽でつくるのではなかったか!?　では樽ごと買えばいい！』

『ふざけるのもたいがいにしてください。貴殿の好むワインはやたらめったら高いんですよ』

世情に詳しい麒麟に叱られてしまえば、世間知らずの応龍は押し黙り、ちびちびとワインを舐めた。

輪になった眷属たち――テン三匹とエゾモモンガが、一斉に焼きとうもろこしにかじりついた。

しびびっと電流が駆け抜けたかのように、毛を逆立てる。

「うまーい！」

見事にそろった仕草と声に、思わず湊は笑ってしまった。

その後方の空が明るく色づく。

「ぬ、花火がはじまったぞ」

山神の言葉に振り向いた湊の視界に映ったのは、夜空に咲く大輪の火の華であった。

七巻をお手にとっていただきありがとうございます。

大変今さらですが、五・六・七巻は三部作となっておりました。

『播磨を活躍させたい』と長らく思っていましたので、『最初は彼に。しかしやはりトドメは湊で』という流れにしました。

ただ残念ながら、共闘はならず。

いつかできたらいいなと思っています。

では、本編が忙しなかったので、まったりとした小話を一つ。湊と座敷わらしの交流を祖父視点でどうぞ。

草葉の陰から見守っている

庭に描かれたいくつもの輪の上を一人の子どもが片足で跳ぶ。

「ケンケンパ、ケンケンパ」

と五歳の湊は歌うように繰り返し、

「ケンケンパ！」

最後の輪を越えたら、くるりと振り返った。

「わらしさん、ボクがやったようにやってみてよ！」

にこやかに語りかけるそこに、人はいない。

その代わり、人ならざるモノならいる。

浴衣姿の座敷わらしである。

湊はむろん現代服、しかも秋服だ。背丈はあまり変わらないふたりだが、なんともミスマッチである。

しかし彼らは気にせず、仲良く遊んでいた。

こくんと頷いた座敷わらしは、片足で跳んだ。

『けんけんぱ、ケンケンパ』

湊の手本を忠実に模倣し、その腰帯が魚のヒレのように舞う。

湊はその細かな動きまで捉えきれておらずとも、座敷わらしが跳んではねている輪郭は視えている。

「じょうず、じょうず！」

手を叩き、湊は笑顔で褒めた。自らが周りにされることを真似ているのだ。

そんなふたりの様子を、庭の片隅で熊手を用いて落ち葉を掃く祖父が眺めている。にこやかに笑った。

「我が孫ながら、ほんにかわいいやつよ」

湊は弟妹(ていまい)をほしがっていたが、これぱかりはどうしようもない。この家に己より小さい座敷わらしがいると知ってから、彼女を妹のごとく扱いはじめたのだ。

自身よりもはるかに歳上の存在を。

「なかなか豪胆なやつでもあるわな」

唸りつつ、落ち葉をかき集める。

「あれは楠木家の血ではなく、母ちゃん側の血だな。間違いなく」

なにせ湊の母は、生まれて一度も妖怪に遭ったことなどなかったにもかかわらず、この家に嫁いで間もなく『あ、ここはそういうおうちなんですね！』とあっさり受け入れ、妖怪屋敷に馴染んだ強心臓の持ち主なのだから。

ゆえに湊が座敷わらしと遊ぼうと、家族は誰も異常者扱いをしない。常人にしてみれば、虚空に話しかけて笑う異様な姿であろうに。

「いまじなりーふれんど、と言うたか？」

他の家庭であれば、幼少期に見られる妄想の類とひと括(くく)りにされてもおかしくなかっただろう。

その時、小山を築く落ち葉が崩れた。

『我ら妖怪を認識できないヤツらにしてみればそうかもしれぬな。ほれ、おめさんのそばにもおるでよぉ』

イタズラをしたのは、鵺(ヌエ)であった。

毛むくじゃらが身をゆすって笑う。片眉をはね上げた祖父は、毛だらけの四肢を押しのけるように熊手で枯葉を掻いた。

「これ、鵺め。邪魔するだけなら、向こうにいっとれ」

ヒーヒョウと笑いながら鵺はひとっ飛びで、塀を越えていった。

妖怪たちはまったくもって遠慮がない。とりわけ自分たちを認識できる者であれば容赦なくちょっかいをかけてくる。

己と同じように湊も認識できるようになった途端、妖怪たちも構い出すようになった。

どうなるかと様子を見ていたが、湊は如才なく妖怪と付き合えるようになったようだ。

しかしその認識力はやや低く、振り回され気味ではある。

「しかし湊はまだ、子どもだ。大きくなれば、より知覚できるようになるだろう。――わしのように」

見鬼の才――妖怪を認識できる力の目覚め方もよく似ていた。そうなる未来を頭に思い描きつつ、祖父は手を動かした。


湊と座敷わらしは、内縁に並んで座った。いまからおやつタイムらしい。

沓脱石に到底届かぬ二対の小さな足がブラブラゆれている。

「わらしさん、このお菓子大きいから、はんぶんこにしようね」

湊は両手で菓子を割った。ところが綺麗に等分にならず、片方がやけに大きい。

「はい、どうぞ」

悩みもせず湊は笑顔で大きい方を差し出した。兄がそうするからだ。

「――湊め、兄貴ヅラもなかなか板についてきたではないか」

熊手に絡む枯れ枝を取りつつ、祖父は唸った。その目は次に座敷わらしを見た。

満面の笑みでお菓子にかぶりついている。たいそうご機嫌麗しい。彼女の方も湊に妹扱いされることに甘んじているのだ。

いままで子ども扱いされることを厭うていたというのに。

よき妹ぶっていると言い換えてもいいだろう。

「変われば変わるものよ」

祖父がしみじみとつぶやいた時、湊が素っ頓狂な声をあげた。

「うわっ」

突然菓子を持つ手首をつかまれたからだ。

通りすがりの妖怪――鬼女の仕業であった。湊の菓子をちょろまかそうと、節くれ立つその手を伸ばすが――。

バチンッと音高く叩き落とされた。

むろん座敷わらしによってである。鬼女が手を包んで大げさに痛がる。

『やだ、いったぁ～い！　なんだい、ちょっといただこうとしただけじゃないのさっ』

『ふざけるナ。叩くだけで済ませてヤッタ。ありがたく、思え』

座敷わらしはうっすら髪を逆立て、睨みつけた。その爆発的な怒気に呼応し、ラップ音が鳴り響き、気温まで下がる。

顔を強張らせた湊が身をすくませた。

「さむいっ。わらしさん、怒ってるの⁉」

ハッとなった座敷わらしが瞬時に怒りを鎮めた。

「あの変わり身の早さよ……」

遠い目をした祖父は、熊手の動きを再開した。

この家に棲まう座敷わらしは、かなり苛烈な性格をしている。決して可愛らしいだけの存在ではないのだ。しかし彼女に敬意を払って大事にする限り、楠木家に安寧をもたらしてくれる。

湊を特別扱いしているが、それは、湊の父母や兄を気に入ってくれているということでもある。

「まぁ、わしがいなくなったあとも、うまくやっていけるだろうよ……」

ふっと息をつき、汗を拭うその顔はひどくおだやかであった。

湊の明るい声と祖父が奏でる熊手の音が重なり合う庭には、どこまでもやわらかな陽光が満ちていた。


七巻を刊行するにあたってご尽力いただいた関係者の皆様、心より御礼申し上げます。

電撃の新文芸

神の庭付き楠木邸7

著者／えんじゅ
イラスト／ox

2024年 6 月17日　初版発行
2024年10月25日　再版発行

発行者／山下直久
発行／株式会社ＫＡＤＯＫＡＷＡ
〒102-8177　東京都千代田区富士見2-13-3
0570-002-301（ナビダイヤル）
印刷／TOPPANクロレ株式会社
製本／TOPPANクロレ株式会社

【初出】

本書は、「小説家になろう」に掲載された『神の庭付き楠木邸』を加筆・修正したものです。
※「小説家になろう」は株式会社ヒナプロジェクトの登録商標です。

ISBN978-4-04-915661-4　C0093　Printed in Japan

●お問い合わせ
https://www.kadokawa.co.jp/（「お問い合わせ」へお進みください）
※内容によっては、お答えできない場合があります。
※サポートは日本国内のみとさせていただきます。
※Japanese text only

ファンレターあて先
〒102-8177
東京都千代田区富士見2-13-3
電撃の新文芸編集部
「えんじゅ先生」係
「ox先生」係